**Die Vergangenheit lässt sie nicht los**

ANNEMONE

# Die Vergangenheit lässt sie nicht los

**Bibliografische Information der Deutschen Nationalbibliothek:**
Die Deutsche Nationalbibliothek verzeichnet diese Publikation
in der Deutschen Nationalbibliografie; detaillierte bibliografische
Daten sind im Internet über http://dnb.dnb.de abrufbar.

© 2016 Annemone
Satz, Umschlaggestaltung, Herstellung und Verlag:
BoD – Books on Demand

ISBN: 978-3-7392-6322-9

# Inhalt

Vor meinem Elternhaus steht eine Linde — 19

Ihr Dalmatiner — 69

»Onkel Bob« — 81

Ihr »Schah« — 85

»Vom Regen in die Traufe« — 93

Freunde kann man sich nicht immer aussuchen — 102

Ihr Reitunfall — 107

Angriff auf A. Merkels Handy –
»Abhörskandal« geht von Amerika aus ...
vielleicht auch noch von mehreren Ländern — 111

Ihr Glaubenskreis — 117

Ein anderes Leben in »Sicht«
Erst eine Engelsgeschichte — 120

Noch eine Tiergeschichte — 139

Ein Traum von ihrem ersten Pferd — 141

»Medjugorje« — 151

Alles will sie aufschreiben, oder auch nicht. Soll sie es tun, oder soll sie es nicht tun? Es ist sonst nicht auszuhalten. Tag für Tag, Nacht für Nacht, immer plagt sie die Vergangenheit. Was war, was man ihr angetan hat. Alle wussten davon, keiner hat geholfen, alle haben geschwiegen. Keiner hat sie gewarnt oder beschützt. Nur später, als sie begriff, sah sie es, merkte sie es. Das überhebliche Grinsen in den Gesichtern der Wissenden. Sie war ja nur eine »ach die«. Sie war ja noch klein und abhängig, wurde hin und her geschoben. Von ihrem »Zuhause«, denn sie war ja da geboren, mehr auch nicht, nur immer mit Unterbrechungen dort aufgewachsen. Ach, wie gut es ist, dass der Mensch im Geiste sich selber helfen kann. Um stark zu werden, um sich selber zu schützen. Letztens hörte sie einen Vortrag. Ein bekannter Professor aus Stuttgart sagte es deutlich. Es ging dort über »Autosuggestion« – Veränderung von innen. Die »Ephigenetic« = die Abspaltung des »Ichs« als Schutzmechanismus, um seine Erinnerungen zu verlieren, die auf Grund von schlechten Erinnerungen, können sie nicht mehr an früher oder was einem angetan wurde erinnern. Es ist eine indirekte seelische Gewalt. Es erweckt in den Opfern Schuldgefühle. Sie war immer traurig. Schon mit fünf, sechs Jahren dachte sie: Warum lebe ich eigentlich? Sie hörte immer, wie die Mutter mit ihren Halbgeschwistern redete, ach »die«. Sie wurde nicht gefördert, oder irgendetwas erklärt, nur immer, ach die, (von dem) ihr Vater. Er war der zweite Mann ihrer Mutter. So schürte sie den Hass und Missfallen in ihren beiden Erstgeborenen. Denn sie waren ja hochwohlgeboren. Es steigerte sich, je älter sie wurde. Ja, mit acht Jahren kam sie dann zum zweiten Mal zu ihrer Tante, die keine Kinder hatte. Beim ersten Mal war sie drei Jahre alt. Aber wahrscheinlich war sie der Tante zu lästig, es ist ja auch mit Arbeit verbunden. Sie wollte zwar ein Kind, konnte selber keines bekommen. Dann schickte die Tante sie wieder zurück.

Heute weiß sie, zurück ins Verderben. Acht Jahre war sie alt. Sie meinte, im Ruhrgebiet, da, wo sie wohnte, wurde es zu gefährlich. Sie erinnert sich heute noch daran, wie die Tiefflieger die Umgebung bombardierten. Oft dachte sie, hätte meine Tante mich dann dabehalten. Denn was sie nicht wusste, es wurde viel schlimmer. Aber da war es auch nicht zum Aushalten. Das Heimweh plagte sie. Ihre anderen Geschwister, die jünger waren, fehlten ihr sehr und die Umgebung, eben das »zu Hause«, und Papa. Er war der Einzige, der ihr mal die Wange streichelte. Ein Jahr lang bei der Tante, sie ging auch dort zur Schule, die sie oft schwänzte. Der zweite Fußweg, jeden Tag ganz alleine und fremd, drei Kilometer zur Schule, so schlimm war es nicht, sie konnte ja gut laufen. Da waren nur die Jungens, die an der Bahn wohnten, wo sie immer lang müsste. Die Jungs waren ein paar Jahre älter. Sie hielten sie immer an, stupsten und stießen sie, bis sie weinte. Dann noch zur Schule. Sie hatte immer Angst. Die Tante glaubte es nicht, wenn sie es ihr sagte. Dann einmal wurde sie mit der Kutsche zur Schule gebracht. Die Jungen sahen es und wagten nichts. Ein anderes Mal ging sie eine andere weitere Strecke, bekam aber Angst und versteckte sich in einem Kornfeld. Sie wollte einfach nicht mehr in die Schule gehen. Es wurde sehr langweilig, dort im Feld zu sitzen, kein Zeitgefühl, es kam ihr so lang vor. Dann ging sie nach Hause. Zu Hause bei der Tante. Was, du bist schon wieder da, ja die Schule war früher aus. Und so passierte es öfters. Einmal sah sie in der Schulpause, es war eine junge Lehrerin, sie spielte nur mit den Jungen, fangen. Dann sah sie, wie der eine Junge der Lehrerin an den Busen packte, sie lachte nur und sagte nichts. Sie war schockiert, dass sie sich so was gefallen ließ. Es wurde kein Wort darüber gesprochen. Dann kam diese Lehrerin bei der Tante auch noch in Logis. Sie hatte dann alles der Tante erzählt, wie sie es gesehen und empfunden hat. Sie fand es schon eigenartig. Gar nichts wurde ihr erzählt oder erklärt. Dann war auf einmal die Lehrerin nicht mehr da. Dann ließ sie wieder keine Ruhe, ich will wieder nach Hause, sie war ja hier auch ganz allein. Keine Spielkameraden. Sonntag war natürlich Ruhetag. Nachmittags schliefen alle, sie war alleine. Was sollte sie machen? Sie will wieder nach Hause. So ging es jeden Sonntag. Das Heimweh plagte sie so sehr. Dann packte sie ihren Koffer, klopfte an die Tür der Tante und sagte: »Ich habe den Koffer schon gepackt, ich will nach Hause.« Später in der Küche jammerte sie wieder, ich will nach Hause. Die Tante konnte es wohl nicht mehr hören, dann packte die Tante sie am Arm, riss die Tür von der Tenne auf und schubste sie unsanft nach draußen. Das wars dann. Erst schlief sie im Ehezimmer der Tante. Hörte dann öfters so komische Geräusche. Was machen die da bloß? Einmal morgens ging sie in den Stall, wo die Tante und zwei Dienstmädchen die Kühe melkten. Ein bisschen liederlich war sie schon, aber sie wollte die Tante jetzt auch mal ärgern, weil sie nicht auf ihr Flehen reagierte, und sagte ganz laut, so dass die Dienstmädchen es hörten: »Was habt ihr heute Nacht gemacht, es waren so komische Geräusche zu hören, habt ihr euch geklopft, warum?« Die Mädchen lachten. Aber da bekam sie ein Einzelzimmer. Dann kam der Onkel aus Sibirien wieder. Er war dort einige Zeit in Gefangenschaft gewesen. Einer von den Letzten, die wieder zurückkamen. Er war immer sehr nett zu ihr. Bis sie merkte, er kam öfters des Nachts in ihr Zimmer und fasste sie an, wurde dann wach und erzählte es ihrer Tante. Oft dachte sie, jetzt stelle ich einfach einen Stuhl vor die Türe. Wie sollte sie sich dann auch sonst retten. Dann einmal konnte sie abends nicht einschlafen und ging nach unten. Im Flur war es dunkel, nur durch die Türritze und das Schlüsselloch fiel das Licht. Schaute durch das Schlüsselloch und sah, der Onkel stand hoch auf dem Stuhl und die Tante schaute sich ihren Mann von unten an, drehte und wendete etwas hin und her. Sie hat sich geschämt und ging wieder in ihr Bett. Was sind das denn nur für komische Sitten, dachte sie nur. Am anderen Tag hat sie gefragt, was sie dort gemacht haben und warum. Aber es wurde geschwiegen, sie war wohl überfordert. Eigenartige Dinge passieren doch bei den Erwachsenen. Von Heimweh geplagt, immer mehr, stand dann auf einmal ihr Kindermädchen vor der Tür. Es schellte, sie aßen gerade zu Mittag. Sie sah es zuerst. Martha, Martha, das frühere Kindermädchen stand vor der Tür. Sie sprang ihr an den Hals und ließ sie nicht wieder los. »Nimm mich mit nach Hause.« Und so kam es dann, sie fuhren wieder nach »Hause«. Angekommen, ihre Mutter stand in der Küche, das Einzige, was sie sagte: »Du bist auch wieder da!« Das wars schon. Aber sie war es ja so gewohnt, nicht von ihrer Mutter in den Arm genommen zu werden. Sie standen vier oder fünf Meter auseinander, es war eine große Küche. Mit alten Sandsteinplatten ausgelegt. Der Tisch ein paar Meter lang, ein riesengroßer Küchenherd mit Kamin. Sie merkten es, Kinder wissen es so gut, wenn sie nicht gewollt sind. Keinen Schritt kam die Mutter näher und widmete sich wieder ihrer Arbeit zu. Sie lief nach draußen, dort saß ihr kleiner Bruder, dreieinhalb Jahre alt, im Sandkasten und spielte. Sie war jetzt ein Jahr weggewesen, und er erkannte sie nicht mehr. Sie nahm ihn in den Arm, weil sie sich so freute, ihn wiederzusehen, sie hatte ihn doch so vermisst. Er stieß sie weg. Es tat ihr richtig weh, konnte es nicht so gut verstehen. Dann kam der Vater nach Hause. Er machte nie viele Worte, aber er tätschelte sie an der Wange und sagte auch nur: »Na du.« Das wars dann. Die beiden Halbgeschwister bekam sie erst gar nicht zu sehen. Sie übersahen sie und mieden sie. Nur später waren sie dann zum Hänseln und Verspotten immer bereit. Die jüngere Schwester bekam man gar nicht zu Gesicht. Sie war ja auch noch ein Kleinkind und wurde sehr behütet.

Sechseinhalb Jahre jünger ist sie, zwischen Kindern viel. Sie schlief immer wohl behütet bei ihrer Mutter. Lange Jahre hielt es so an, bis 14, 15 Jahre. Denn ihre Mutter wollte sich schützen, sechs Kinder sind ja auch genug. Überhaupt, wenn man nicht mal weiß, was aus ihnen werden soll. Doch eine Tochter bekam sie dann doch noch. Morgens um sechs Uhr wollte sie zur Toilette. Der Vater war schon dort auf der Tenne, denn die Toilette war ein »Plumpsklosett« ganz am anderen Ende der Tenne, und die war mindestens 20 Meter lang. Er sagte zu ihr: »Heute Nacht hast du noch ein kleines Schwesterchen bekommen.« Sie wollte sofort hin und es sehen. Aber der Vater meinte: »Ein bisschen musst du noch warten.« Nach ein paar Monaten stand die Tante wieder vor der Tür. Sie hörte, als sie sagte, dieses Mal nehme ich sie aber jetzt schon mit, und meinte ihre kleine Schwester damit. Weil sie Angst hatte, auch dieses Kind würde dann wieder nach Hause wollen. Etwas in ihr schrie, ganz laut. Meine kleine Schwester soll hierbleiben, die Tante soll sie nicht mitnehmen. Sie erinnerte sich, was für ein Heimweh sie immer gehabt hatte bei ihrer Tante zu Hause. »Meine Schwester soll hierbleiben, Tante soll sie nicht haben.« Ihre Mutter sagte nur: »Ach Wicht, sei still«, und wenn die Mutter so ernst sprach, gab es keine Widerworte mehr. So nahm die Tante ihre kleine Schwester mit einem dreiviertel Jahr auf ihren Bauernhof. Sie brauchten ja einen Nachfolger für den Hof. Alles stand ja auf dem Spiel, die ganze Existenz. Wenn man sich heute umschaut, wo auch immer. Im ganzen Münsterland, wie viele Bauernhöfe haben aufgehört zu existieren, weil kein Hoferbe da ist. Oder der gutaussehende Bauernsohn bekommt keine Frau. Die viele Arbeit, man muss schon dafür geboren sein, Interesse haben und Liebe zum Landleben. Was für ein Jammer. –

So kam dann die Tante nach sechs Jahren einmal wieder auf Besuch und brachte die kleine Schwester mit. Denn sie wusste ja aus eigener Erfahrung, wenn der eigentliche Hoferbe kein Interesse hat, den Hof weiter zu bewirtschaften. Alles den Bach hinabläuft, keiner auf die Idee kommt, es doch der Schwester zu übergeben, den Erben einen anderen Beruf erlernen zu lassen. Denn seine Schwester hatte ja einen Gutsverwalter geheiratet, nur ohne Hab und Gut. Aber nein, das Gesetz sagte es anders. Ihr Bruder war schon zu weit abgerutscht und missgünstig genug, um ihr den Hof nicht zu überlassen. Er zog das Lotterleben vor. So schlau war er aber nicht, um zu sehen, wohin das führt. Ein paar Jahre und Hab und Gut waren dahin. Heute hört sie ihn noch immer, er sagte es des Öfteren: »Ihr alle, auch du nicht. Ihr bekommt gar nichts.« Er hatte die fixe Idee und meinte: »Mein Vater ist mit 30 Jahren gestorben, so alt werde ich auch nicht.« Manchmal dachte sie, wieso sagt er das immer, was ist? Später wusste sie dann, keinen Vater mehr zu haben, keine strenge Hand, die ihn führte, geht nicht gut. Sein Vater war selber der Sucht verfallen gewesen. Hatte keine Stärke mehr, und wiederum sein Vater und Großvater, überall das gleiche Elend. Wie soll da, es kann gar nicht anders sein. Nirgendwo Hilfe in Sicht. Die Mutter, nein, sie schaffte es auch nicht, war machtlos, hatte keine Befugnisse, irgendetwas ändern zu können. Sie rackerte sich ab, um ihre anderen Kinder durchzubringen, ihr Vater natürlich auch. Er hatte ja total gar nichts. Er bekam ja noch nicht mal Geld für das, was er geleistet hat. Den ganzen Hof in ein paar Jahren wieder schuldenfrei zu arbeiten, alles nur für den Hoferben, damit er alles durchbringt und alles verschleudert. Ihre Mutter musste ein paar Schweine halten, um überhaupt Kleinigkeiten, Brot und Kleidung zu kaufen. Mutters Schwester und Bruder halfen auch nicht. Die eine Schwester war Franziskaner-Nonne. Sie kam schon mal und gab ihr Beistand. Von ihr bekam die Mutter dann auch die »Tropfen«, die den Alkohol besiegen sollten bei ihrem Sohn. Als Nonne hatte sie ja Beziehungen. Sie war eine Zeitlang O.P.-Schwester am Franziskus-Hospital. Später, als ihre Mutter anfing krank zu werden und die Schweine nicht mehr versorgen konnte, fragte ihr Bruder mal, ich könnte die Sauen gut gebrauchen. Ich gebe dir dann das Geld dafür. Es waren wunderbar gepflegte Tiere, alle tragend, die er dann eines Tages abholte. Mutter meinte danach des Öfteren: »Onkel Hein kommt gar nicht mit dem Geld rüber, ich brauche es dann.« Er ließ sich nicht mehr sehen und gab ihr auch nie das Geld dafür. Heute weiß sie selber, Mutter war keine Kämpferin. Woher sollte sie es auch gelernt haben. Sie hatte als Kind eine Stiefmutter, ihre eigene Mutter war früh gestorben. Die Stiefmutter war auch nicht sehr gut zu ihr. Sie selber war auch nie eine Kämpferin. Aber heute soll mal einer kommen! Denkt sie. Sie war 16 Jahre, musste zu diesem Onkel hin und helfen. Seine Frau war gestorben, an Augenkrebs. Warum stirbt man an Augenkrebs, warum bekommt man es? Sie glaubt, die Tante konnte es nicht mehr mit ansehen, wie ihr Mann sich verhielt. Sie hatten keine Kinder. Ihr Onkel war ein Schlawiner, er trieb es mit seiner Hausangestellten, es war im Ort auch bekannt. Ihre ältere Schwester war auch öfters da gewesen in den Ferien. Später wollte sie auch nicht mehr dahin. Ihr Onkel suchte auch einen Erben für seinen Hof. Sie war beim Onkel. Dann des Samstags kam die Nichte der Tante zu Besuch und brachte einen jungen Bauernsohn mit. Sie fuhren zu einem Reitturnier. Sie merkte es wohl, sie sollte verkuppelt werden, tat aber so, als wüsste sie von nichts, sie dachte sich, so komme ich am ehesten ungeschoren davon. Zu Hause wartete ja das Turnerfest auf sie, wo sie bei einigen Vorführungen dabei sein musste. Eine Woche blieb sie dann. Zum Abschied, er brachte sie noch zum Bahnhof, bekam sie dann drei Apfelsinen für die Hilfe im Haushalt. Sie hatte gekocht und geputzt, das Haus und den Garten in Ordnung gehalten. Ein paar Jahre später war dann ihre ältere Schwester mit ihrem Verlobten, dem Gutsverwalter, dort. Ihr Verlobter hielt es dann ein halbes Jahr aus. Die Schwester war schon vorher abgefahren. Er hatte da rumgeackert, die Felder bewirtschaftet, den Stall mit den Schweinen versorgt, aber kein Taschengeld, geschweige Lohn dafür bekommen. Er wurde vertröstet. Daraus wurde dann aber nichts, kein Geld in Sicht. So nahm er dann einen Rechtsanwalt, und er bekam sein Recht. Dieses leichte Luderleben des Onkels, so weiß sie es heute, lag da wohl in den Balken des Hofes. Denn der Onkel war schlau. Er sagte immer, ich habe es am Herz, bin krank, darf nicht arbeiten. Er ließ die anderen arbeiten. Seine Frau war ja schon an Kummer und Krebs gestorben. Eine junge Nachbarin hatte es ihm angetan, die alles für ihn tat. Die Schuhe zubinden, die Pantoffeln holen und wer weiß was noch alles. Der schöne Hein, nannte man ihn im Dorf. Er wurde auch stattliche 86 Jahre alt. Lieber fuhr er mit seinem amerikanischen Jeep und seinem Freund, der Makler war, durch die Gegend. Später adoptierte er eine junge Frau, die ordentlich arbeiten konnte. Sie heiratete, bekam drei Kinder. Beim letzten Kind starb sie auf dem Narkosetisch. Ihr Mann heiratete wieder. So war der Hof dann schon fast in fremden Händen. Aber ihr Onkel hatte ein paar Jahre vorher eine Wirtschafterin. Sie setzte dem Onkel die Pistole (sprichwörtlich) auf die Brust und meinte, wenn du mich nicht heiratest, geh ich. So heiratete er dann seine Wirtschafterin. Irgendwann starb der Onkel. Alle Verwandten waren eingeladen, so sagte sie dann zu ihrer angeheirateten Tante: »Leicht hast du es auch nicht mit ihm gehabt.« »Nein«, sagte sie, »over he häff mi ganz gud bedacht. Nur, eh häff mi keen einziges Moal strikelt.«

»Der schöne Hein!« Nun war seine Schönheit dahin. Sie lebt noch, sie war viel jünger, ihr geht es gut, hat sich nach vielen Querelen auf dem Hof eine Wohnung genommen, ist vom Hof abgezogen. Die alten Möbel hat sie alle mitgenommen. Dann, einmal war sie krank und hatte Brustkrebs. Ohne OP bekam sie es dann mit Kräutern von »Maria Treben«, die sie nachts immer auflegte, in den Griff, sie war geheilt. Einige Pilgerfahrten unternahm sie dann. Rom, Lourdes, Fatima. Jetzt dachte sie an sich, und das ist gut so. –

Zu den Nachkriegsjahren zurück, bei ihrer Tante. Für ein Kind, was immer Geschwister um sich hatte, war es bei der Tante sehr öde, sie hatte niemanden zum Spielen, und dachte oft an die spannende Zeit zurück. Jetzt war sie wieder zu Hause. Etwas Abwechslung nach der kargen Zeit. In der Scheune war ein großer Herd aufgebaut und viele Tische und Stühle für ein paar hundert Soldaten. Die Köche hatten alle möglichen Zutaten für ihre Speisen, die sie nicht kannte. Auch wurde Brot gebacken. Wenn Mutter es sah, stellte sie sich dorthin, und der Bäcker warf, wenn es niemand sah, einen großen Brocken von aufgegangenem Teig ihrer Mutter zu. So passierte es des Öfteren, und so bekam die ganze Familie von dem leckeren Brot zu essen. –

Eines Tages stand sie vor dem Magazin, wo alle Lebensmittel gelagert waren. Trockenpflaumen, Aprikosen, Nüsse, nur die allerbesten Sachen. Der Soldat, der wohl das Magazin zu bewachen hatte, lud sie ein in den Keller zu kommen, er sprach nur gebrochen Deutsch. »Komm her, du einpacken und auspacken helfen.« Sie stieg die paar Treppen hinunter und er zeigte ihr, was sie machen sollte. Die Trockenpflaumen aus dem Sack, in einen anderen Sack packen, sie dachte sich, warum das denn. Er schaute schon immer so komisch und lief immer wieder die Treppe rauf und runter, schaute, ob nicht jemand kam. Er führte was im Schilde, sie merkte es wohl. Dann kamen zwei andere Soldaten und er sagte zu ihr: »Du wieder gehn.« Dabei hatte sie noch nicht mal richtig angefangen. Sie erzählte es ihrer Mutter, sie meinte, geh nie wieder dahin. –

Am Tag, Ende des Krieges, sie saßen alle im Keller, Vater war noch mit zwei Pferden vor dem Leiterwagen, die mit Kanonen beladen waren, brachte sie vom Hof, weit aus dem Dorf in ein sicheres Versteck. Die Soldaten, Amerikaner und Engländer, durften ja nicht erfahren, dass dort auch Deutsche einquartiert waren. Sie weiß es noch, als wäre es gestern gewesen. Vater kam mit dem leeren Leiterwagen, die Pferde davor, auf den Hof gefahren. Er wurde sofort festgenommen. Aber ihr Papa selbst in den schlimmsten Situationen, was sie auch Jahre später immer wieder beobachtete, lächelte er, befragt und wurde freigelassen. Dann kamen die Dorfkinder und ihre Geschwister. Es waren aus dem Dorf einige, die jeden Tag zum Hof kamen, um die Soldaten zu sehen. Sie sind oben auf den Strohboden geklettert, haben durch die Bretterritzen die Soldaten belauscht. Bis dann einmal etwas Staub und Stroh aus den Ritzen fiel und die Soldaten es merkten. Der eine nahm sofort sein Gewehr und zielte damit genau auf sie. Die Angst war groß und sie rannten weg. Ab dann haben sie es nicht mehr gewagt auf den Balken zu klettern. Gerade in dieser spannenden Zeit kam die Tante und holte sie wieder zu sich. –

Ihre Tante fuhr gerne in die Stadt, sie wäre ganz gerne einmal mitgefahren. So stromerte sie auf dem Hof herum, stieg über die Pforte in die Schafsweide und streichelte die kleinen Lämmer. Dann kam der Schafsbock, dem es wohl nicht passte, auf sie zugerannt und stieß sie immer wieder zu Boden. Sie wollte aufstehen, aber der Bock war schneller und drückte sie immer wieder zu Boden. Der Opa nebenan in der Werkstatt sah es, kam schnell angerannt und rettete sie. Er sagte: »Leg dich erst einmal aufs Sofa«, sie hatte einen Schock, denn sie konnte kaum gehen, und das tat sie dann auch. Später beim Abendessen erzählte sie es laut am Tisch. Der Opa hat mir das Leben gerettet. Da schaute die Tante ganz betroffen.

Wenn sie Langeweile hatte, lief sie immer der Tante hinterher, die es aber gar nicht so gut haben konnte. »Lauf jetzt einmal ein bisschen hinter der Tante Agnes her«, ihrer Schwägerin, und das tat sie dann auch. Die wiederum fragte: »Hat Tante es gesagt?« »Ja«, meinte sie nur. Auch schickte die Tante sie ganz alleine zum Bahnhof, musste mit dem Zug bis nach Hause fahren, was sie von nie gemacht hatte. Das hieß, in Rheine umsteigen und den richtigen Zug nach Hause bekommen. Sie hatte große Angst, sich zu verlaufen. Sie alle paar Meter fragte: »Ist das hier richtig?« Zu Hause angekommen: »Was machst du denn hier? Du bist ganz alleine gekommen?« Sie sah wohl, ihre Mutter schüttelte den Kopf. Dann wurde sie, so wie sie gekommen, wieder zurückgeschickt. Keine Mutter würde heute wagen ein kleines Kind allein fahren zu lassen. Damals war es auch sehr gefährlich, was sie für Angst ausgestanden hat. –

Als ihr Kindermädchen sie wieder abholte nach Hause, wurde sie gefragt: »Warum willst du nicht bei der Tante bleiben?« Sie meinte nur: »Tante isst die ganze Wurst alleine.« Alles lachte, dabei wussten sie nicht, es stimmte. Denn die Tante brachte für sich immer frischen Aufschnitt mit, aus der Stadt. Zu Hause gab es ja nur selbstgemachte Leberwurst und Blutwurst, Panhas und Würstebrot mit Rübenkraut. Denn sie hatte in der Küche einen kleinen Schrank, wo sie die Wurst versteckte. Einmal sah sie es und wollte auch ein Stück von der Schinkenwurst. Schnell wurde es eingepackt und der Schrank verschlossen. Sie dachte nur und fragte: »Warum bekommen denn die anderen nichts davon?« Keine Antwort ist auch eine. –

Ihre jüngere Schwester hatte es später auch nicht so ganz einfach. Die Tante passte immer auf wie ein Luchs. Ein Bauernsohn aus der Nachbarschaft interessierte sich für ihre Schwester und laut Aussage mochten sie sich auch ganz gern. Er sollte aber selber den elterlichen Hof erben. So hatte die Tante Angst, sie zu verlieren, und wieder war keiner da, der den Hof bewirtschaftet. Die Tante fragte sogar ihre ältere Schwester und sie auch. Ihre Tante glaubte wohl, eine von den erwachsenen Nichten würden den Hof wohl haben wollen. Aber beide verneinten. Die jüngere Schwester war doch adoptiert und hatte das Recht, den Hof mal zu erben. So wachte die Tante über ihre Adoptivtochter und passte scharf auf. Einmal brachte der Bauernsohn nach einer Feier ihre Schwester nach Hause. Sie standen vor der Tennentür und küssten sich. Ihrer Tante wurde es zu bunt und sie goss einen großen Eimer Wasser über die Häupter. Ihre Schwester bekam aber später doch den richtigen Mann, einen anderen. Sie lebe heute und die ganzen Jahre glücklich und zufrieden, es ist bestimmt der Richtige.

# Vor meinem Elternhaus steht eine Linde

1937 geboren. Später stellte sie fest, etwa mit 14, sie hat gestöbert und das Familienstammbuch gefunden, und entdeckt, dass die Eltern erst geheiratet hatten, als sie schon ein paar Monate unterwegs war. So was zu dieser Zeit, unvorstellbar. Welche Schmach, oh, oh, oh! Jetzt wurde ihr einiges klar. Was sie dann später auch selbst noch zu spüren bekam. Sie hatte noch fünf Geschwister. Zwei aus der ersten Ehe ihrer Mutter. Ihr erster Mann starb sehr früh, er war gerade erst 30 Jahre, leider auch dem Alkohol verfallen. Er kam von einem großen Gutshof aus dem Nachbardorf, einziger Sohn. Seine Familie lebte gern und gut, und so war dann sein Erbe irgendwann aufgebraucht. Es gab noch ein großes Gut im Nachbarort, was seinem Onkel gehörte, der auch keine Kinder hatte, und dass er dann erbte. Da ihre Mutter auch von einem Bauernhof kam, dieser lag an der holländischen Grenze, auch fünf Geschwister hatte. Da ein Bauernhof nicht alle tragen konnte, wurden die Kinder schnell woanders untergebracht, der Zukunft wegen. Da die Mutter ihrer Mutter früh gestorben war, bekam sie eine Stiefmutter. Die Kinder mussten ja versorgt sein. Ihre Mutter wurde deshalb auch nicht groß beachtet und seelisch gequält. Wie auch immer! Sie kam zu ihrem Onkel, in das Dorf, wo ihr erster Mann lebte. Der Onkel war Postmeister, hochbegabt, der nebenbei noch plattdeutsche Bücher und Gedichte schrieb, sich auch wissenschaftlich betätigte. Unter anderem löste er die Satorformel. Das Sator-Quadrat. Niemand weiß, wo es entstanden ist. Die Theorie besagt, dass im Quadrat die Worte »Pater Noster« (Vater unser) das christliche Kreuz (Tenet) und die Worte »Alpha« und »Omega« (Anfang und Ende) zu finden sind. Der älteste Fund stammt aus Pompeji, wo es auf verbrannten Tontafeln ca. 75 v.Chr. abgebildet ist und angebetet wurde. Die älteste Überlieferung ca. 2000 v.Chr. geht davon aus, dass diese Energie, die aus dem Quadrat kommt, mit dem Buchstaben Mystik dem persischen Gott »Mithras« verbunden ist. Mithras war der Gegner der Dunkelheit und des Bösen.

| S | A | T | O | R |
|---|---|---|---|---|
| A | R | E | T | O |
| T | E | **N** | E | T |
| O | P | E | R | A |
| R | O | T | A | S |

Alle Wörter lassen sich von links nach rechts, von rechts nach links, unten und oben lesen. Und ergeben immer wieder einen Sinn. Man sagt dem Quadrat nach, es soll seinen Träger schützen usw. Dieser Buchstabe »N« war ebenso im Kryptogramm der Templer in der Mitte des Kreuzes, symbolisiert durch ein Kreuz. Es ist höchst interessant, wer sich dafür interessiert, sollte sich damit näher befassen. Sein Onkel war wiederum Lewin Schücking, er war ja ein Lebensgefährte von Anette von Droste-Hülshoff, und schrieb Bücher und Gedichte. Ein bisschen muss es wohl in der Familie liegen. So kam ihre Mutter in diese Familie, um zu helfen. Denn ihr Onkel hatte elf Kinder. Drei Frauen starben im Kindbett, wie das oft so üblich war. Also nahm er sich eine vierte Frau. Diese große Familie konnte ja auch gut ihre Mutter brauchen. Wie das Schicksal so will, lernte ihre Mutter ihren ersten Man kennen und lieben? Er war vier Jahre jünger, aber was spielt das für eine Rolle. Er sah gut aus, jung und begütert. Sie heirateten und zogen auf das große Gut, in den Nachbarort. Dieser kleine Ort bestand zum größten Teil fast nur daraus, alles, was zum Gut und Umgebung gehörte. Vor dem Gut die katholische Kirche, dessen Grund natürlich der Kirche geschenkt wurde. Dieses kleine Dorf mit nur ein paar 1000 Einwohnern hatte damals schon mehr Kneipen und Gaststätten, als heute eine Kleinstadt hat. Die Felder lagen hinterm Haus, einige auch weiter aus dem Ort entfernt. Es gab sogar ein Moor, wo erst von Torf gestochen wurde. Als wir Kinder getrockneten Torf in Zeitungspapier wickelten und Zigaretten daraus machten, bis es uns schlecht wurde. Später wurde dann das Moor kultiviert und Weiden für Bullen und Rinder angelegt. Eine Generation vorher war das Gut noch größer, wo ein großer Teil der Ausläufer vom Teutoburger Wald noch zum Gut dazugehörte. Aber die Herrschaften lebten immer gut und gern. Es müsste das ganze Gesinde bezahlt werden. Mit mehreren Heuerhäuschen, und die Deputaten. Auch damals war das Leben teuer. Die Frau des Gutsbesitzers verwitwete, vom Hofgut abzog, einen Geschäftsmann aus Münster heiratete. Der sie aber nur heiraten wollte wegen der großen Mitgift. So ging der Berg und viele kostbare Sachen, die sie mitnahm, dem Gut verloren. Sie hörte heute noch manchmal ihre Mutter sagen: »Das hat sie mitgenommen und das hat sie mitgenommen.« Die Witwe ist dann bald an einem Gehirnschlag gestorben, und der Geschäftsmann hatte sich damit gut bereichert. – So war die Verführung sehr groß, immer und wann es beliebte an Suchtmittel und Schnaps zu kommen. Manch einer, der weit draußen in der »Heide« wohnte, auch viel Arbeit hatte, konnte nur davon träumen. Bis dann die Leber streikte, nicht mehr mitmachte. Eine Leberentgiftung durch ärztliche Hilfe gab es noch nicht. Es wurde sowieso alles verschwiegen.

Hinter vorgehaltener Hand nur hämisch getuschelt. Bis eines Tages er seinem Leiden erlag. Sie war auch manchmal neugierig, die Mutter wurde gefragt, es wurde dann eine Lungenentzündung daraus gemacht. Obwohl sie es vom Nachbarn anders gehört hatte. Nun stand ihre Mutter alleine da. Es musste weitergehen. Der Erbe war ja da. So musste ein Verwalter her. Chancen hatte die Mutter genug. Sie war noch jung, mit großem Hof. Verehrer kamen von ganz alleine, Verehrer von wem? Hof oder Mutter? Mutter oder Hof? Auch die Blauäugigkeit der Verehrer haben nicht sehr weit gedacht. Der Hof gehörte ja schon den Erben, dem ersten Sohn. Sie mussten ja auch irgendwie unterkommen. Denn Hitler hatte ein Gesetz geschaffen, so wie in diesem Falle. Mit seinem 18. Lebensjahr er Hoferbe und Eigentümer war. Bis dahin waren noch ein paar Jahre vergangen. Genau gesagt kaum zehn Jahre. Von diesem Desaster hört man dann noch später. –

So heiratete ihre Mutter ihren Vater. Mit 15 Jahren hat sie mal gefragt: »Warum hast du Papa eigentlich geheiratet?« »Er war der Beste, weil er so gut war«, meinte sie. Ihr Vater war wiederum im Nachbarort, heute längst eingemeindet, bei seiner Schwester. Er bewirtschaftete ihren Hof, weil ihr Mann im Krieg gefallen war, zwei Söhne kamen auch nicht mehr zurück. Ja, sie stammt aus einer Familie, die fast nur aus lauter Bauern bestand. Das alleine war schon tragisch. Ihr Vater kam aus der französischen Gefangenschaft, kämpfte fürs Vaterland, erzählte viel von Sewastopol, Karpaten und der französischen Gefangenschaft. Die Kinder konnten es schon bald nicht mehr hören, auch die Erwachsenen hatten kein Verständnis für ihn. Heute weiß sie es besser, er musste mit seinen traumatischen Erlebnissen ja irgendwie fertigwerden. Oh, was waren die Kinder dumm. Heute, leider ist es zu spät, möchte sie ihm mehr zuhören, ihn in den Arm nehmen und trösten. Keiner hatte Verständnis. Kinder können grausam sein. Überhaupt, wenn niemand da ist, der dazwischenfunkt und ihnen über den Mund fährt. Ihr Vater war kahl, hatte Glatze. So wurde er dann auch immer noch geärgert. Hat man dir die Haare abgeschossen? Oder, wie viele Soldaten hast du erschossen? Aber der Vater blieb gelassen und lächelte nur still vor sich hin. Später wusste man es besser, es war gemein, er hätte allen den Hosenboden verhauen sollen. Er war einfach zu gut. Für die Erziehung seiner Kinder hatte er keine Zeit. Denn der Hof musste bewirtschaftet werden. Zwei Knechte und zur Haupterntezeit waren zwar Leute da zum Helfen, trotzdem war er immer da, um den Hof in Schach zu halten, tagein und tagaus. Krankheiten gab es nicht. Der Hof, der auch noch Schulden hatte, dank ihres Vaters wieder schuldenfrei war. Das alles für den einen besagten Erben. Der wohl gesagt nie seinen Stiefvater half. Er hielt sich lieber mit Freunden in Wirtschaften und Vergnügungsvierteln auf. Ihr Vater, 1892 geboren, hatte auch mehrere Geschwister, auch zwei Halbgeschwister. So wie es früher oft war, die Mütter starben dann, wenn sie am meisten gebraucht wurden. Eine Halbschwester, sein Halbbruder studierte, machte seinen Doktor, war später Landwirtschaftsdirektor in Münster. Dann kam ihr Vater, der den elterlichen Hof haben sollte. Er aber eingezogen wurde als ältester Sohn. Kämpfte ein paar Jahre in Russland. Die Karpaten hatten es ihm angetan. Wie oft hörte sie ihn von Sewastopol erzählen. Dann kam die Gefangenschaft, Le Havre, Le Mans wurde ihm zum Verhängnis. So kam er in französische Gefangenschaft. Nach der Entlassung ging es nach Hause und er wollte sein Erbe antreten. Dort hatte sich dann aber sein jüngerer Bruder schon fest eingelagert, so stand er da mit leeren Händen. Kampf gabs für ihn nicht. So holte seine Schwester ihn zu sich. Dort war er dann der Bauer, der den Hof zusammenhielt. Heut noch ein ertragreicher Hof. Später, als er alt war und nicht mehr mit dem Fahrrad oder Moped zu seiner Schwester fahren konnte, mussten sie und ihr jüngerer Bruder ihn immer zur Schwester fahren. Ihr Vater meinte dann, nun kommt doch mit rein. Sie hatten aber keine Lust, den ganzen Nachmittag am Küchentisch der Verwandten zu sitzen. Dann meinte er immer: »Wü sütt dat denn ut, wenn gi sofort wi wegföhrt!« Abends wurde er wieder abgeholt, so ging es jahrein, jahraus. Das einzige Vergnügen, was er hatte: Arbeit, Demütigung und Arbeit, mehr hatte er nicht. –

Ihr Halbbruder machte sich ein Vergnügen daraus, sie zu hänseln, falsche Sachen zu zeigen, die ihr schaden sollten. Er hatte sowieso immer nur Blödsinn im Kopf. Woher er es wusste, gelernt hatte oder gesehen, sie weiß es nicht. Einmal schaute sie als Kind zu. Er füllte Karbid in eine Milchkanne, zündete es an, verschloss den Deckel und die Milchkanne explodierte. Sie stand ganz nah dabei. Willst du es auch einmal probieren? Sie machte es auch so, wie sie es gesehen hatte, zündete an, lief aber sofort zurück. Du musst auch nicht weglaufen. Oder er legte eine Eisenkugel auf den Rasen, wo er sie wohl herhatte? Schieß mal die Kugel nach hier. Ihr kam es aber komisch vor, eine Eingebung? Sie taten es nicht. Der Opa hatte einen großen Stockschirm, sie stellte sich auf einen Stuhl, öffnete den Schirm und sprang runter. Er war komischerweise immer zur passenden Zeit zur Stelle. Spring doch mal da oben vom Balkon. Aber sie ahnte da schon, er meint es nicht gut mit mir. Er zeigte einem immer, es ist egal, ob sie lebt. Sie hatte draußen gespielt und großen Durst. Lief ins Haus und hielt in der Spülküche ihren Mund an den Wasserkran, er kam, stieß sie mit seiner Hand an den Kran. Ihre Zähne waren vorne gebrochen. Später wurden sie schwarz, so musste sie Ersatz haben, die Bakterien hatten sich schon weit in den Oberkiefer gearbeitet, verbreitet. Sie hat es dann auch später noch, eigentlich im ganzen Leben »faustdick« abbekommen. Wenn sie nicht so ein sonniges

Gemüt und eine Portion Gottvertrauen gehabt hätte, wäre sicher nicht alles so gut ausgegangen. Und wäre sicher nicht mehr am Leben. – Als nach seinem letzten Viehverkauf nur noch vier Kühe im Stall standen, er die Milchkannen halb mit Wasser füllte, Milch dazufügte, er hatte keine Lust zu melken, obwohl ja schon eine Melkmaschine vorhanden war, und der Molkerei übergab, beschwerte sich natürlich die Molkerei und wollte keine Milch mehr abnehmen. Das war das Ende vom Lied. – Sie war zu Hause und versorgte die drei Männer, ihren Vater, ihren Halbbruder, ihren Bruder, der Angestellter bei der Stadtverwaltung in Osnabrück, nur abends zu Hause war, einen Kostgänger, der im Dorf an der WCG beschäftigt war und Kost und Logis bezog. Beim Abendessen, es gab Milchsuppe, übriggebliebenes Durchgemüse vom Mittag und Butterbrot. Die Milch erschien ihr in der Küche schon etwas komisch, so ein bläulicher Schimmer. Als alle probiert hatten, stellten sie fest, es war Wassersuppe mit Milchgeschmack. Sie stellte ihn zur Rede, er sagte nichts, blieb wie immer stur. Ein paar Tage später waren die letzten Kühe auch verkauft. Der Stall war leer, kein Vieh mehr auf dem ganzen Hof, ein toter Hof. Immer wieder fand er Leute, die ihm alles abnahmen, um seine Sucht zu bezahlen. Sogar die werten Herren von der Dorfverwaltung nutzten ihn aus. Sie brauchten Nutzflächen für Bauland. Seine Vollschwester hatte Zeugen, die gesehen hatten, man hatte ihn betrunken gemacht, um ihm billig Land abzuluchsen. Leider war sie nicht stark genug, um sich durchzusetzen, kein Geld für den Rechtsanwalt, um Hilfe zu beanspruchen. Das war das Ende. Wenn sie heute noch einmal wieder in ihren Heimatort fährt, was ist aus dem Ort geworden. Auch die werten Herren haben nichts geschafft und das Dorf nicht unbedingt schöner gemacht. Sie hätten den Hof als Dorfkern erhalten sollen, er stand ja unter Denkmalschutz, vielleicht saniert, ein Hotel oder dergleichen daraus gemacht, mit schönen Anklagen, alles war ja da, gegeben. Der Ort hätte nur dadurch gewonnen. Heute stehen dort Häuser, kreuz und quer durcheinander, keine Bedeutung. Eine Schande. Nur ein Denkmal zur Erinnerung an all die Schandtaten. – Jahre später, sie war schon verheiratet und lebte auf dem Bauernhof. Sie arbeitete im Garten, ein Scheppern und ein lautes Klirren! Was war das, es kam aus dem Haus, vom Keller her? Sie lief ins Haus und sah die Bescherung. Die zwei Bilder von ihrem Elternhaus, der Hof, der schöne Bauernhof, ganz in Fachwerk. Ihre Erinnerungen von zu Hause hatten sich von der Wand gelöst und waren die Kellertreppe hinuntergefallen, das Glas kaputt. Ein paar Tage später bekam sie die Nachricht. Der ganze Hof ist an dem Tag verkauft worden. Man hatte ihm vorher noch ein paar Millionen geboten. Es war ein Zeichen, sie glaubt ganz fest daran. Ein Wink des Schicksals. Denn es war schon alles ganz schön traurig. Seine Vollschwester, sie hat ihr oder den anderen gegenüber nie davon gesprochen, wie schwer es ihr gefallen ist. Eine Tochter von ihr meinte, es hat nicht viel gefehlt und sie hätte ganz durchgedreht. Die Heimat war weg. Zwei Semester Landwirtschaftsschule, ein Jahr Praktikum. Das erste Halbjahr verbrachte sie in Ergste bei Schwerte auf einem Gutshof. Sie war gerade 17 Jahre. Dort war auch eine Praktikantin, wo sie später hin und wieder von zu Hause aus hinfuhr.

Es war eine lustige Zeit. Sommerhalbjahr. Sie gingen abends ins Schwimmbad, oder sie liefen querfeldein durch die Felder. Des Sonntags an ihren freien Tagen kilometerweit bis nach Iserlohn. Sie trat immer mal wieder ins Fettnäpfchen. Der Sohn war Jäger und züchtete junge Enten. Dort mussten beide den Stall sauber machen. Es war keine Ente zu sehen. Nur in den Nestern lagen viele Eier. Sie nahm eines heraus und schüttelten es. Sie meinte: »Es ist ja faul«, und warf es auf den Boden. Es war ein halbfertiges Küken darin. »Sie sind ja gar nicht faul, wo sind denn die Enten, die müssten ja eigentlich brüten, dass ist nicht richtig?!« Renate lachte und sagte: »Wenn das der Chef sieht!« Sie wusste es doch, warum sagte sie nichts, sie war schon des Öfteren dort, hatte sie aber nicht gewarnt. So war sie, endlich wusste sie Bescheid. Einen Tag später bekam sie dann die Leviten gelesen. Dann war sie auch noch so naiv und schrieb ein Tagebuch, ließ es auf ihrem Zimmer einfach so daliegen. Sie staunte immer schon. Woher weiß die Chefin immer alles, was wir tun. Malte sogar in ihr Tagebuch interessante Bilder aus dem Alltagsleben. Zum Beispiel: Ihre Chefin ging jeden Morgen und brachte ihren Nachttopf zur Toilette. Lustig sah es aus, sie trug dabei so eine Nachthaube mit Rüschen und ein langes Nachthemd. Sie konnte gut malen. Dann merkte sie, in ihrer Schlafzimmertür war ein Loch in Sichthöhe. Sie fragte mal wieder ganz naiv: »Wer hat denn da Loch reingemacht?« Renate lachte nur und sagte nichts, gemein fand sie. Eines Abends, beim Anziehen, hörte sie ein kleines Geräusch an der Tür, sie war schnell und riss die Tür auf. Ganz erschrocken staunte sie, der Sohn des Hauses stand da und war ganz überrascht. »Was machen Sie denn da?«, und er verschwand wortlos. Alles kam ins Tagebuch. Bis sie es erzählt. Renate meinte nur: »Weißt du denn nicht, die Chefin liest doch immer dein Tagebuch.« So bekam sie dann ein paar Tage später einen Brief. Sie brauchten keine zweite Praktikantin mehr, es würde zu viel gutes Porzellan zerschlagen. Ende des Monats war ein halbes Jahr vorbei. Zu Hause meinte ihr Vater: »Fahr mal nach Onkel Bernhard und Tante Mariechen«, es war seine Schwester. Der Onkel machte sofort Nägel mit Köpfen. Zu Hause tat es ja niemand. Er setzte eine Annonce auf für das zweite Halbjahr und so kam sie dann vier Wochen später nach Niedereimer bei Arnsberg. Zu dem Loch an der Tür, zu Hause hatte sie auch schon mal so was gesehen. Nicht in der Tür, sondern ganz unauffällig zwischen zwei Schränken in der Wand. Sie war aus Holz nur dazwischen gebaut worden. Das war das Zimmer, wo sie mit der älteren Halbschwester schlief. Einmal überraschte sie ihren Halbbruder da. Sie war mal wieder schnell und leise, riss die Tür auf, er stand da auf dem Bett und lugte durch das Loch. Er hatte es irgendwann mal in die Wand gebohrt. »Du Blödmann, was soll das denn?« Damit war es für sie erledigt. Hätte sie es der Mutter doch gesagt. Onkel Bernhard war ein netter Onkel, rauchte Zigarren und ging zur Jagd. Er hatte ein großes Baugeschäft. So wurde erzählt, er wollte gerne mal ein Muffelwild schießen und dafür in Urlaub fahren. Jagdzeit war angesagt, und so machten sich seine Freunde, die auch zur Jagd gingen, einen Scherz mit ihm. Holten einen passenden Ziegenbock mit ähnlichen Hörnern und sagten ihm, es ist dort ein Muffelwild gesichtet worden, banden den Bock versteckt an einen Strauch, steuerten ihren Freund in entfernte Sicht. Dort, dort ein Muffelwild, und der arme Bock musste dran glauben. So war der Spaß gelungen. Oh, was für eine Blamage. Er kaufte auch vom Elternhof einen Landauer, den ihr Papa immer zum Bischof-Fahren gebrauchte. Möbelte die Kutsche gut auf, frisch lackiert und neuer Besitzerinschrift, fuhr dann mit zwei Pferden davor öfters spazieren, um ein bisschen anzugeben. Ja, oder weil er auch Spaß dran hatte. Autos hatte man noch nicht.

Zurück zum ersten Halbjahres-Praktikum. In der ersten Woche war ja auch alles neu für sie. Draußen müsste der Vorhof gefegt werden. Da marschierte ein älterer Herr mit Frau einfach so ins Haus. Sie fragte: »Was wollen Sie dort, Sie können doch nicht einfach so in ein fremdes Haus laufen. Wir wohnen doch dort.« Auch das wurde ihr nicht gesagt und war blamiert. Warum sagt man mir denn nichts davon. Abends hatten sie manchmal Langeweile. Dort lag ein Stück Kreide, sie nahm die Kreide und malte ein paar Zeichen an die Wand, auch darunter ein Hakenkreuz, vergaß es aber wieder abzuwischen. So war es am nächsten Morgen auch noch zu sehen. Es gab wieder Schimpfe, Renate lachte sich wieder eins. Hinterher hörte sie, der alte Chef war ein großer Nazifreund. Zu der Zeit wollte aber niemand mehr davon wissen. Irgendwie durch ihre unbekümmerte Art trat sie sehr oft ins Fettnäpfchen. Den Garten mussten beide in Ordnung halten. Das Schweizerhaus grenzte an den Garten, dazwischen floss ein kleiner Bach. Wenn sie im Garten zu tun hatten, riss die Schweizer Frau, sie war eine gediegene Frau, dick und mit grässlich krausen Haaren, ja gut, sie konnte nichts dafür, das Fenster auf und entleerte ihren Nachttopf in den Bach. Es sah wieder so interessant aus und beide mussten laut lachen. Auf jeden Fall war die Frau des Schweizers wohl sehr wütend und gekränkt dadurch. Eines Tages, der Schweizer hatte Urlaub, musste Renate die Kühe melken. Sie half im Haus und musste Milch holen aus dem Kuhstall, wo sich auch die Frau des Schweizers aufhielt. Als die Frau sie kommen sah, nahm sie eine Kannenbürste und wollte sie damit an den Kopf treffen. Aber sportlich wie sie war, konnte sie schnell ihren Kopf zur Seite drehen, so ging die Bürste haarscharf an ihrem Kopf vorbei. Der Sohn des Hauses stand mit dem Trecker dort und grinste sich eins. Blöder Scheißer, hat sie nur gedacht. Langsam wurde ihr alles zu bunt, dann kam der Brief. Im zweiten Halbjahrespraktikum war auch nicht alles so, wie es eigentlich sein sollte. Der Chef war so an die 60, die Chefin 50. Zwei Töchter hatten sie, beide gut aussehend. Vor allem die ältere. Viele junge, auch gut betuchte Herren liefen wegen ihr die Tür ins Haus ein. Darunter war auch ein bekannter Schauspieler, sie hat ihn noch lange Jahre immer mal wieder im Fernsehen gesehen und bewundern können. Aber sie heiratete ein paar Jahre später den Verwalter. Als Mitgift bekam sie einen Bauernhof in Bayern. Somit bekam die Jüngste das Gut. Leider war auch der Chef ein Hallodri und stieg den Praktikantinnen immer hinterher. Es waren ja auch immer wieder neue da. Er stellte sich in die Tür und wollte sie nicht hinauslassen, sie war aber immer schnell und wendig, bückte sich und ruck, zuck konnte sie ihm immer entwischen. Bei der anderen Praktikantin war das anders. Er fasste sie immer an, und so hörte sie des Öfteren: »Aber Herr H., lassen Sie das.« Mit der anderen Praktikantin teilte sie ein Zimmer. Eines Abends, es war ihr etwas unters Bett gefallen, sie bückte sich, um es aufzunehmen. In dem Moment ging die Tür auf und der Chef kam ins Mädchenzimmer. »Aber Herr H., was wollen Sie hier?« Sie dachte sich, mal ganz still sein und gebückt am Boden bleiben. Gemacht, getan. Sie hörte immer nur: »Lassen Sie das, aber Herr H. Lassen Sie das doch. Was wollen Sie, fassen Sie mich nicht immer an.« Lange konnte sie die Luft nicht mehr anhalten und sich das Lachen verkneifen. So prustete sie dann auf einmal los, und er hob sich. Sie kam aus dem Lachen nicht heraus. Er war ganz perplex. »Was machen Sie denn da unten?« Jetzt hatte er sich blamiert und so zog er ab. Am anderen Tag bekam er den dicken Schlüsselbund von seiner Frau an den Kopf geschmissen. Sie tat ihr richtig leid. So einen Ehemann möchte sie auch nicht haben. Auch war dort ein schicker Bauernsohn, ein Nachbar. Von seinem Onkel sollte er einmal den Hof erben. Als er eines Tages Mal auf den Hof kam, fragte ihre Mitpraktikantin: »Wie findest du ihn?« Lieber nicht verraten, braucht ja keiner wissen, wie toll sie ihn findet, und meinte: »Na ja, es geht so.« Im Innern dachte sie ganz anders. »Sei froh, alle Praktikantinnen, die hier schon waren, sind alle in ihn verknallt gewesen, mit allen ist er losgezogen.« Aber sie wusste, er kam nur wegen der ältesten Tochter und die mochte ihn wiederum nicht. Dann hatte sie sich zu einem Tanzkursus angemeldet. Sie tanzte für ihr Leben gern. Es war schon der zweite Tanzkurs. Sonst gab es ja keine Feste, wo man sich beim Tanzen richtig auslassen konnte. Zu der zweiten Stunde des Tanzkurses war er auch da. Er hatte gehört, dass sie dort mitmachte. Er hielt sich sehr zurück, nur einmal fragte er: »Gehst du mit mir zurück?« Er war ja fast Nachbar. Drei Kilometer mussten sie laufen im Dunkeln. Zum Abschied küssten sie sich kurz und dann war die ganze Sache gelaufen. Eine neue Praktikantin hatte sich angemeldet. Die hatte noch nie gearbeitet oder geschweige mal einen Besen in der Hand gehabt. Sie war gerade erst 18 Jahre, der Vater von ihr wollte sie einmal durch den Scheuersack laufen lassen. Denn sie hatte wohl schlechten Umgang gehabt und war unter die Räder gekommen, so sagte man damals. Zwei Monate war sie da, dann erzählte sie, ich werde immer dicker, mein Freund will mich nicht heiraten. So verschwand sie bei Nacht und Nebel, sie musste ihr nur versprechen, ihre zwei Koffer nachzuschicken. Da hatte sie dann einen schönen Dummen gefunden. Aber irgendwie schade war es doch, denn sie konnte super tanzen. Dort hat sie dann so richtig Rock `n Roll tanzen gelernt. Die Töchter hatten ja Schallplatten. »See you later, Alligator« oder »Rock around the clock«, es war zu Bill Haleys Zeiten. Dann kam sie richtig in Fahrt. Später, als sie wieder zu Hause war und die Turnfeste gefeiert wurden, tanzten sie den ganzen Abend, ohne einen Tanz auszulassen. Das war was, die Musik gefiel ihr. Ihr war egal, mit wem sie tanzte, nur sie wollte tanzen, tanzen, tanzen. Bewegungsfreudig und energiegeladen. Sie sammelte Schallplatten, alles nur vom Feinsten. Dann kam ihr Halbbruder und hat ihr alle Schallplatten durchgebrochen, er spielte sich erzieherisch auf und meinte, so was kommt hier nichts ins Haus, und ausgerechnet er musste das sagen, wo war seine Erziehung geblieben. Sie hatte aber sehr starke Minderwertigkeitskomplexe. Ja woher kam das wohl? Heute weiß sie es. Ihre Mutter meinte es nicht so gut mit ihr, sie war ja unerwünscht gewesen. Denn als sie schwanger wurde und es merkte, musste sie ja ihren Vater heiraten. So war das damals. Als sie dann geboren war, sollte die Tante sie dann mitnehmen. Denn sie hatte keine Aussichten, mal Kinder zu bekommen. So fing dann die Hin- und Herschieberei an. Von Tante zum Hof, vom Hof zur Tante. Aus erster Ehe die Halbgeschwister waren sieben und vier Jahre alt und sehr eifersüchtig. Mit den Jahren wurde es immer schlimmer. Sie wurde gehänselt, gedemütigt, schikaniert. Manchmal war es nicht mehr auszuhalten. In den Kindergarten durfte sie als Kind nicht. Des Öfteren stand sie an der Hecke des Kindergartens, er war gleich nebenan, schaute durch die Hecke und sah, wie schön die Kinder spielten. So war sie oft alleine und sehr traurig dadurch. »Für dich ist das nichts«, sagte die Mutter dann. Einmal war sie sehr krank, vielleicht fünf Jahre alt. Mutter hatte sie diesmal sogar in ihr Bett gelegt. Sie wurde wach, sie war ganz benommen und sah ihren Vater am Bett knien, er betete. Ihre Augen fielen immer wieder zu. Dann sah sie ihren älteren Bruder ins Zimmer schleichen, er schaute so ganz komisch und fing an, in Mutters Kommode herumzuschnüffeln, er ging dann so wieder raus. Darauf kam die Mutter und fragte in einem scharfen Ton: »Was hat er hier gemacht?« »Ich weiß nicht, deine Schublade nachgesehen.«

Ein paar Jahre später hat sie mal gefragt, was sie da für eine Krankheit gehabt hat. Eine Nierenbeckenentzündung wurde daraus gemacht. Sie dachte sich, vielleicht hat er ja da schon Äther benutzt. Wenn Mutter im Garten war, Vater auf dem Feld, fand sie sich öfters mal in ihrem Bett. Wie bin ich hier hingekommen, ich bin immer so müde. Als sie zur Schule ging, schickte die Lehrerin sie manchmal nach Hause: »Geh mal nach Hause, du bist sicher krank.« Kreidebleich war sie, als sie in den Spiegel schaute. Einmal, als sie sehr krank war und gar nichts essen wollte, reichte ihre Mutter ihr ein Plätzchen. So was gab es sonst nie, sie konnte es aber nicht essen, ihr war so übel. Als ihr Vater dann an ihrem Bett gebetet hatte, ging es wieder aufwärts. Sie bekam wieder Appetit und fragte: »Jetzt möchte ich wohl ein

Plätzchen.« Es gab aber keine mehr. Weil sich keiner kümmerte, lief sie auf dem Hof herum und spielte für sich. Lief auch zu den Knechten und schaute zu, was sie so machten. Der eine Knecht meinte: »Komm, wir gehen mal hinten auf die Pferdeweide.« Dann nahm er sie auf seine Schulter und fasste zwischen ihren Beinen herum. Das erzählte sie dann ihrer Mutter.»Der hat mich Huckepack genommen und dann zwischen meine Beine gepackt.« Mutter sagte nichts, ein Dienstmädchen, das auch in der Küche war, hörte es. Nach ein paar Tagen, alle saßen am Tisch, manchmal 13 bis 15 Leute, die verköstigt wurden, ihre Mutter hatte immer zwei Dienstmädchen, fragte sie: »Wo ist denn der eine Knecht?« Alles schwieg. Er war nicht mehr da, er wurde gefeuert. Keiner kümmerte sich, so lungerte sie den ganzen Nachmittag herum. Keiner sagte oder fragte, was machen deine Schularbeiten? Dann lernte sie alle ihre Nachbarkinder kennen. Es waren auch viele Jungs dabei. Sie spielte aber meistens mit den zwei Mädchen vom Bäcker und Wirt nebenan. Es fing an etwas schöner zu werden. Sie bauten unterirdische Hütten und stromerten durch Feld und Wald. Dann erzählte ihre Freundin: »Wir dürfen nicht mehr mit dir spielen und nach hierhin kommen.« »Warum nicht?«, sie war ganz erstaunt. »Dein Bruder wollte uns verführen.« »Das kann nicht sein.« »Ja, ganz bestimmt, er hat ein weißes Tuch auf den Balken über das gelagerte Trockenholz gelegt und wir sollten uns ausziehen. Wir haben es aber nicht gemacht.« Sie konnte es nicht glauben. Ja, ganz bestimmt. Ab da durften sie nicht mehr zum Hof gehen. Sie hatten es zu Hause erzählt und deren Vater besuchte ihre Mutter. Was gesprochen wurde, wusste sie nicht. Später lag auch ein Brief vom Nachbar da, es wurde ja immer alles so liegen gelassen, sie hörte ihre Mutter noch sagen: »Dann kommst du eben ins Gefängnis.« Sie war wieder sehr traurig, denn ihre Freundinnen fehlten ihr sehr. Wochen später fragte ihr Bruder sie mal: »Warum kommen deine Freundinnen nicht mehr?« Und sie sieht heute noch sein Grinsen im Gesicht. Sie konnte es nicht so richtig glauben. Naiv würde man sagen, aber sie war ja auch nicht aufgeklärt. Einmal hörte sie ihre ältere Schwester zur Mutter sagen: »Hast du ihr es denn jetzt gesagt, sie muss es doch wissen?« »Nein«, sagte die Mutter. »Komm einmal mit in den Hühnerstall, Eierholen.« Sie trottete hinter ihrer Mutter her, wusste nicht, um was es ging. »Suche die Eier auf und nehm sie mit ins Haus.« Etwas wollte die Mutter sagen, sie merkte es wohl. Aber nichts passierte, sie traute sich nicht, oder es fiel ihr schwer. Zu Hause angekommen, die Schwester fragte: »Mutter, hast du ihr es denn jetzt gesagt?« »Nein!« ... Schweigen. »Das hab ich mir gedacht«, meinte sie nun. Hätte sie doch was gesagt. Immer wurde sie blöd stehen gelassen. In der Schule wurde auch nicht aufgeklärt. Fernsehen gabs nicht, geschweige was zu lesen. Freundinnen hatte sie nicht mehr, um solche Sachen zu besprechen. Später kamen dann ein paar Freunde von ihrem jüngeren Bruder, sie waren sehr in Ordnung und man konnte sehr gut mit ihnen reden und Spaß haben. Der eine schwärmte von den Taschenbüchern, Tom Prox und Billy Jenkins, Wildwest Romane. Die konnte sie sich dann ausleihen, sie las doch so gern. Bücher gabs nicht im Haus. Ihre ältere Schwester hatte wohl welche, aber da kam sie nicht ran. Einmal erwischte ihre Mutter sie beim Lesen. Es war gerade so spannend. »Der Herz Raucher«, ein Billy-Jenkins-Roman. Sie zerriss das Heft, öffnete die Herdplatte und es verschwand darin. »Aber ich hab es doch ausgeliehen, er will das doch wiederhaben.« Jetzt war es verbrannt, schöne Hefte und Bücher bekam sie dann auch nicht mehr.

Als ihre Freundin einmal wieder da war, durften sie mitfahren zum Feld, mit ihrem Vater oben auf dem Leiterwagen, zwei Pferde davor, ging es dann zum Heuaufladen. Beide mussten das Heu platttrampeln, damit genug auf den Leiterwagen kam. Sie trampelten und trampelten, und sie merkte nicht, sie näherte sich dem Ende. Der Wagen hielt, ihr Vater lud auf, die Pferde rückten an und sie flog mit einem Salto rückwärts auf den harten, trockenen Wiesengrund. Ab da konnte sie ihren Arm nicht mehr bewegen. Nach Hause laufen, es sind zwei Kilometer, sie konnte ihren Arm nicht mehr halten und sie machten Rast in einem Unterstand. Dort legte sie den Arm ein bisschen zum Ausruhen auf eine Bank. Dann ging es weiter nach Hause. Die Freundin ging und sie legte sich ins Bett und glaubte, morgen ist der Arm wieder gut. Die ältere Schwester kam: »Was hast du da?« Sie sah ihren dicken Arm und musste mit ihr zum Arzt. Der Arm wurde geröntgt, zweimal gebrochen und das Gelenk ausgekugelt. Eingegipst bis zum Bauchnabel, den Arm bis zum Handgelenk. So wurde es damals gehandhabt. Sechs Wochen Krankenhaus. Alleine auf dem Zimmer, es war so langweilig. Die Schwestern meinten, weil sie vom großen Hof kam, müsste sie ein Einzelzimmer haben. Es gab nichts zu lesen. Sie hatten nichts, ist egal was, irgendwas zum Lesen. Besuch bekam sie die erste Woche auch nicht. Ihre ältere Schwester kam und brachte ein Buch mit, der Arzt hatte wohl zu Hause was gesagt. »Kalifornische Sinfonie.« Sie hat es nur so verschlungen, gleich zweimal gelesen. Zu Hause selber sind sie nicht auf die Idee gekommen. Oder war es doch wieder der Wille der Mutter, sie dumm zu halten. Sie brauchten ja Hilfe auf dem Hof. Dann hatte sie auch schnell das zweite Buch durch. Nach der dritten Woche, es gab keine Bücher mehr, wurde sie verlegt auf ein Zimmer mit anderen Kindern. Dort lagen sie dann mit sechs Kindern, ab da war es nicht mehr so langweilig. Ihr jüngerer Bruder besuchte sie einmal, er kam mit dem Fahrrad. Sie meinte: »Ich möchte einmal nach Hause.« Dann fuhr sie mit dem großen Gipsverband, nur einen Schlüpfer und ein Röckchen an, auf einem Herrenfahrrad nach Hause. Sie hörte die Mutter noch sagen: »Guckt mal, wer da kommt, ich will nur einmal hierhin. Jetzt fahr schnell wieder zurück.« –

Ein Erlebnis vergisst sie auch nicht, sie war vielleicht acht Jahre alt. Eine Oma von ihren Halbgeschwistern kam des Öfteren zu Besuch. Sie wohnte in Paderborn. Ihr erster Mann war gestorben, und sie heiratete dann einen Schuldirektor. Nebenbei gesagt, er war ein richtiger Nazibonze, und als es brenzlig wurde für ihn, er hatte zu viel auf dem Kerbholz, er hatte Angst vor den Amerikanern. Er nahm sich das Leben. Sie weiß es noch genau, er verabschiedete sich von seiner Frau, sie wussten es beide. Am anderen Tag, er war ins Krankenhaus gegangen, hatte er sich aufgehängt. Die Oma war die einzige, die den Kindern Geschichten vorlas. Sie, ihr jüngerer Bruder und die kleine Schwester, es war Winter und sie rückten ganz nah an den Ofen, dort war es schön warm. Einige Geschichten hörten sich schön an, die alten Gebrüder-Grimm-Märchen. Alle hörten gespannt zu. Nur als dann das Märchen kam vom bösen Wolf, hatte sie Angst. Ihr Halbbruder wusste das ganz genau. Obwohl Mutter zu ihr sagte: »Musst du denn auch noch immer mithören.« Die Oma sagte: »Och lout se doch.«

Heute glaubt sie, ihre Mutter hatte auch sehr starke Komplexe und Schuldgefühle ihrer Schwiegermutter gegenüber, weil sie ja wieder geheiratet hatte. So stand sie dann eines Abends in der großen Küche, es war ein sehr großer Küchenherd, oben auf der Herdplatte, dahinter wurde Holz gelagert oder Torf zum Heizen. Es war so schön warm. Dann kam ihr Halbbruder und sagte: »Da draußen läuft ein Wolf.« Er hatte wohl, wer weiß, alles gut durchdacht, von irgendjemand einen Schäferhund geholt. Öffnete die Haustür und »der Wolf« lief herein und schnurstracks zum Herd, wo sie stand. Vor lauter Angst und Schreck wurde sie ohnmächtig und fiel von der Herdplatte. Sie kam erst wieder zu sich, als sie merkte, ihr Bruder schleifte sie an den Armen durch die Küche und den Flur ins Wohnzimmer. Sie stand immer noch unter Schock, konnte nicht schreien und nichts sagen. Sie hörte ihre Mutter sagen: »Wat häff de dann!« Ihr Bruder meinte: »Ich habe einen Schäferhund in die Küche gelassen und sie glaubte, es ist ein Wolf.« In einem Ton, der kein bisschen Sorge oder Mitgefühl ausdrückte, meinte sie: »Legg se dor up de Kautsch.« Dort lag sie dann und war ganz abwesend. Wie sie dann später in ihr Bett gekommen ist, weiß sie nicht mehr.

Die Oma, fand sie, war eine nette Oma. Sie hatte einen Sohn, der den Hof von seinem Onkel erbte, Mutter heiratete ihn dann. Daher ihre zwei Halbgeschwister. Es wurde immer gesagt, er ist an einer Lungenentzündung gestorben. Aber von dem Schneider aus ihrem Ort hörte sie dann die ganze Wahrheit. Schwer wurde es dann doch für ihre Mutter. Zwei kleine Kinder, der große Hof, die Arbeit, viele Kühe, große Felder, Schweine, Hühner, Ackerbau und Viehzucht. So stand sie dann plötzlich alleine da. Als sie die Nachricht vom Tod ihres Mannes hörte, war sie gerade am Bügeln. Ihr ist das Bügeleisen aus der Hand gefallen. Plötzlich diese ganze Last alleine tragen. Einige Heiratskandidaten standen schnell auf der Türmatte. Später hat sie ihre Mutter mal gefragt, sie merkte, etwas stimmt nicht: »Warum hast du Papa geheiratet?« Sie meinte: »Er war sehr gut, die anderen wollten nur den Hof haben.« So heiratete sie ihren Vater. Ein Segen wurde diese Heirat nicht. Zum Arbeiten war er gut, denn er konnte ordentlich arbeiten, den Hof wieder schuldenfrei machen, erwirtschaften. Aber ihr Halbbruder Leichtfuß hielt es nicht für nötig, bei der Arbeit zu helfen. Er war ständig unterwegs. Wenn er kein Geld mehr hatte, trieb er zu Hause sein Unwesen. – Oft passierte es, sie ging noch zur Grundschule, oft war sie abwesend, konnte den Unterricht nicht richtig verfolgen. Bis die Lehrerin zu ihr sagte: »Geh mal nach Hause, du siehst so schlecht aus.« Heute fragt sie sich, wie oft hat er sie mit Äther betäubt, sie weiß es nicht genau. Oft wurde sie wach in ihrem Bett, wo es so komisch roch. Einmal kam sie auf ihr Zimmer, ihr Bruder stand an ihrem Bett und legte ein Betttuch über das unterste Bett. »Was machst du denn hier?« Sie sieht heute noch seine Augen, sein Gesicht, teuflisch, dieses Grinsen. Auf der Waschkommode stand eine kleine Karaffe, sie war oben geöffnet. »Was ist das denn?«, und roch daran. Sie hörte ihn nur noch sagen: »Ja da, riech du mal dran.« Ab da wusste sie nichts mehr und konnte sich auch an nichts mehr erinnern. Sie hatte einen Blackout. Tagelang sah man ihn dann nicht mehr, und fragen, sie wusste einfach nichts mehr. Heute glaubt sie, er hat sie richtig manipuliert, betäubt und wahrscheinlich an ihr vergangen. Denn sie merkte an ihrem Körper des Öfteren, woher hab ich das, oder was ist das? Blaue Flecken, sie mag es nicht mal aufschreiben, geschweige erzählen. Sie ahnt was, wusste aber nicht was, und was sollte sie machen. Intuitiv legte sie sich einmal mit der Bettdecke ganz unters Bett, oder sie stellte was vor die Tür. Ihre Schwester war ja im Internat und sie schlief alleine in dem Zimmer. –

Oft fällt ihr noch wieder ein, als sie noch kleiner war, Mutter einmal wieder nach Münster fuhr und ihren ersten zwei Kindern immer was mitbrachte. Dem Sohn ein Flugzeug, der Tochter was Schönes zum Anziehen. Sie stand dann mit großen Augen am Fenster und sah es, so was Schönes möchte sie auch mal haben. Aber sie ging mal wieder leer aus, so war es immer. Das Herz tut ihr heute noch weh. Sie erzählte es ihrer jüngsten Schwester einmal. Jahre später, wie Mutter sie behandelt hatte. Auch zur Schule lief sie Monate mit der gleichen Kleidung. Alle anderen Kinder, selbst die ärmsten, waren besser angezogen als sie. Ihre Mutter ließ sie richtig verschludern. Als sie älter war, kam sie dann doch einmal und gab ihr was. Ihre Schwester hatte es wohl der Mutter erzählt. Sie hatten ja auch gerade ihren Bauernhof verkauft.

Denn ihr Patenonkel hatte ihrer Mutter gesagt: »Wenn ich nicht aus dem Krieg wiederkomme, soll mein Patenkind den Hof haben.«

Der Hof wurde dann verkauft. Später dachte sie, man hätte den Hof auch so lange, bis sie erwachsen war, verpachten können. Sie hat ja Landwirtschaft gelernt und auch später immer noch Interesse gehabt, und arbeiten konnte sie auch gut. Andere hörten auf, wenn sie anfingen zu schwitzen, sie aber konnte dann richtig loslegen. Der Hof stand ihr ja zu. Aber alle, auch die andere Seite, liebten das Geld. Oft hat sie daran gedacht, was wäre es schön gewesen, einen eigenen Bauernhof zu haben. –

Ihre Mutter war eine leidenschaftliche Gärtnerin, Botanikerin durch und durch. Blumen waren ihre Leidenschaft. Jede Blume und Pflanze kannte sie mit botanischen Namen. Sie schwärmte von der Blumeninsel Mainau. Gerne wollte sie einmal dorthin, es war ihr nicht vergönnt. Nur einmal fuhr sie mit der ältesten Tochter zur Weltausstellung nach München. »Sie« musste dann für alle kochen, bekam extra dafür schulfrei. Dann war die Mutter noch eine ausgezeichnete Köchin. Wenn Großschlachttag war, ein Schwein und ein Rind herhalten mussten, zauberte sie eine »Saure Rolle«, bestand hauptsächlich aus Rindfleisch, eingelegt in einen Sud. Nach vier Wochen durfte man davon kosten. Den Geschmack hat sie heute noch auf der Zunge liegen. Vieles wurde eingekocht. Kühltruhen gab es noch nicht. Vorher angebraten, dann eingekocht. Braten, Rouladen, Filet, Rippchen, Mettwurst, dann eingeweckt. Viele Kostgänger freuten sich, wenn ein Zimmer frei war und sie auf dem Hof in Logis gehen konnten. Später dann, als ihr Sohn das Zepter in der Hand hatte, waren die guten Zeiten vorbei. Als ihr Patenonkel mit 38 Jahren gefallen war, 1906 geboren und am 19. September 1944 von einer Kugel getroffen wurde. Das tödliche Geschoss traf ihn bei Kuvenai, er wurde auf einen kleinen Heldenfriedhof bei Sakenai in Litauen begraben. Ihre Mutter sagte an dem Morgen danach: »Heute Nacht habe ich Onkel Ernst gesehen, er ist gefallen, ich hab es gemerkt, er ist nicht mehr am Leben.« Und so war es dann auch. Ihre Mutter hatte des Öfteren Vorahnungen, die immer zutrafen. –

Später hat sie sich oft gefragt, warum ihre Mama so ist. Jetzt weiß sie es. Sie fühlte sich schuldig ihrem Sohn und ihrer Tochter gegenüber, noch einmal geheiratet und noch Kinder bekam von jemand anderem bekommen zu haben. Ihr Sohn hat es seiner Mutter nie verzeihen können und sie somit die ganzen Jahre schikaniert. Jahre später, als es mit ihrem ersten Sohn zu Ende ging, er mal wieder in Hornheide operiert wurde, sie Lippenkrebs, Drüsen aus dem Gesicht und Oberkörper und Armen entfernt hatten, er nach Hause kam, ließ er sich erst nicht blicken. Doch dann sah sie ihn einmal, kurz nur, ehe er schnell wieder verschwand. Sie glaubte, der Satan persönlich steht da und schaut sie an. Genauso sah er aus, das ganze Gesicht entstellt. Sie kann es nicht beschreiben, grauenvoll. In ihren Träumen sah sie ihn dann einmal genauso, das eine Bein auf den Stuhl gestellt, einen Eselschwanz, Klumpfuß und Hörner auf dem Kopf. Dann sah man ihn Tage nicht mehr. Wieder in Hornheide zur Gesichts-OP. Er kann wieder, sie hatten dort ein Wunder vollbracht. Unglaubliches, was die Ärzte dort geleistet hatten. **Wahre**, ganz dick unterstrichen, Künstler in der Gesichtschirurgie. Er sah wieder so aus wie immer, besser noch. –

Als ihre Mutter noch lebte, sagte sie des Öfteren: »Man muss ‚mit den Wölfen heulen.« Denn sie wusste nicht, wie sie ihren Sohn noch retten konnte. Oft meinte sie, wenn ich doch nur ganz alleine in einer Holzhütte im Moor leben könnte. Mehr wollte sie gar nicht. Alles hinter sich lassen, weg von den ganzen Belastungen, in Frieden leben. Ihr missratener Sohn, der sie dafür bestrafen wollte, weil sie wieder geheiratet hatte, und den Eindringling, sie, das Leben kaputt und schwer machen.

Ihr Vater:

»Du hat es nicht einfach gehabt, gefangen in der eigenen Gutheit und Ehrlichkeit.« Schon wieder kommt alles in ihr hoch, wenn alles zu spät ist und nichts mehr helfen kann. Liebe Worte sagen, ihn um Verzeihung bitten, sie nicht richtig zugehört hatte. Er erzählte oft von »Früher«, so wie es bei ihm war. Krieg, Sewastopol, französische Gefangenschaft. Vielleicht wollte er auch sein Trauma, was er auch so ganz sicher erlebt hatte, mal erzählen, es loswerden. Denn Kriege waren früher genauso schlimm für die Soldaten, ein Erlebnis, was sie nie in ihrem Leben vergessen. Keiner von ihnen bekam Hilfe. Heute werden die Soldaten betreut, bekommen Psychologen und Helfer an ihre Seite. Darum sprach ihr Vater oft von »Früher«. Heute weiß man, es ist gut, alles aus sich herauszulassen. Keiner hat ihm zugehört. Die Kinder meinten dann, ach Papa, nicht schon wieder. Sie waren ja dumm und wurden nicht aufgeklärt. Heute könnte sie zuhören, nun ist es zu spät. Er hatte seine Bekannten, die alles wussten, denen er alles erzählte. Seine Kriegsveteranen. Sie trafen sich jährlich zum Kriegerfest. Es gab nur einen Festsaal im Dorf, wo alle Feste gefeiert wurden. Da saßen sie dann, bis zu zehn Männer an einem Tisch. Einmal musste sie mit, sie war vielleicht 14 Jahre, nie wieder, meinte sie dann. Bierchen und Schnäpschen, eines nach dem anderen. So lange, bis sich ihr Vater auf den Stuhl stellte und sang und sang, konnte gar nicht aufhören. Die alten Kameradenlieder, oder auch schon mal, »wir woll'n den alten Kaiser Wilhelm wieder haben« ... Am anderen Tag war er heiser und bekam kein Wort aus dem Mund. Das war auch der einzige Tag, wo er zwei Stunden länger im Bett blieb. Sonst stand er jeden Tag um fünf Uhr auf der Matte. Er war ein fleißiger Mann.

Er schuftete tagein, tagaus, das ganze Jahr, hielt den Hof in Ordnung. Die schwere Erntezeit. Er liebte die Pferde, sie waren sein ganzer Stolz. Manchmal bis zu zehn Pferde. Ein Belgier, Warmblüter und Rassemänner, sie hatten mehr Blut, es heißt, sie stammten vom Vollblüter ab. Junghengste für den Nachschub. In der Endphase des Krieges hatte er ein wunderbares Pferd. Einen Schimmel, ein sogenannter Rassemann. Er war sein ganzer Stolz. Dann kamen Gutachter, Offiziere, die Pferde einsammelten für den Krieg. Sie erinnert sich noch daran, sie war ja immer in Papas Nähe. Wenn Papa ihn doch nur versteckt hätte. Aber es half nichts, er musste den schönen Schimmel hergeben. Sie sieht heute noch in den Gesichtern der Gutachter ein kleines Lächeln, als sie ihn sahen, so waren sie von ihm angetan. Selbst ihr Vater, der doch im Krieg war, schon viel erlebt und gesehen hatte, konnte seine Tränen nicht unterdrücken. Sie konnte es auch nicht verstehen und ärgerte sich über diese blöden Männer, den Hitler und den Krieg. Dafür wurden die guten Pferde geholt, ohne Bezahlung. Nie sah man ihn wieder. Die anderen Pferde durften dableiben, weil ihr Vater sie ja brauchte. Denn ohne seine Pferde hätte die Arbeit auf dem Hof nicht weiterlaufen können. Die jungen Hengste musste er auch einfahren, sie liefen dann erst neben einem erfahrenen Pferd, dann blieben sie ruhig. So junge Pferde brauchen aber eine Zeit, ehe sie sich an Wagen, Pflug oder Egge gewöhnen. Einige Felder lagen etwas weiter vom Hof. Er nahm zwei junge Hengste, sie waren alle gut in Futter und ordentlich temperamentvoll, mit, um irgendetwas mit ihnen zu arbeiten. Sie sieht es heute noch, als wäre es gestern gewesen. Ihr Vater kam wieder, lief zu Fuß neben den Pferden her und lachte. Sie dachte sich, wie sieht denn der Papa aus? Da hatten ihn die jüngsten Hengste während des Anspannens mit dem Kopf geschlagen, ihn ins Gesicht getroffen, dabei hatte er dann alle seine Zähne verloren. Aber so war ihr Vater, selbst in den unmöglichsten und schwersten Situationen lächelte er immer. Samstags um zwei Uhr war Feierabend und für ihn Wochenende. Oft saß er dann noch und musste die Buchführung zu Ende bringen. Sonntags war sein Kirchgang, hinterher Frühschoppen. Dort traf er auch die anderen Bauern zum Reden. So war das sein einziges Vergnügen. Mittags um zwölf Uhr wurde gegessen, wenn ihr Vater noch nicht da war, rief die Mutter: »Hole Papa zum Essen.« Dann bekam sie auch immer ein Glas Regina. Der Bauernhof lag im Ort, vor dem Hof die Kirche. Also lief sie schnell rüber und freute sich auf ein Glas Regina. Der Bauernhof lag im Ort, vor dem Hof die Kirche. Der erste Besitzer hatte das Grundstück für die Kirche gestiftet. Dafür bekamen sie auch eine Bankreihe in der Kirche reserviert, sogar mit Namen darauf. Alles lag nah am Hof, Friseur, Bäcker, Tante-Emma-Laden, Schule, Anstreicher, Schuster, drei Kneipen. Wenn sie zur Kirche ging, es war ja so nah, die Kirchentür aufmachte, knöpfte sie noch den letzten Knopf vom Mantel zu. Er war sehr gut, ihr Vater, zu gut, meinten die Leute. Ein Schneider im Ort, der fünf Söhne hatte, alle sehr groß waren – zwei Meter groß. Da konnte man sich vorstellen, was die jeden Tag verputzten, an Essen. Einmal backte sie Pflaumenkuchen für den ganzen Trupp und stellte schon so zehn Stück auf den Tisch. Dort saß einer von den Söhnen, eigentlich war für jeden einer gedacht, es gab ja auch noch Butterbrote. Als sie schaute, hatte er die ganzen Pflaumenkuchen alleine gegessen. Und der arme Schneider, sie fand, so arm war er gar nicht. Er hatte ein eigenes Haus, zwei Kühe, drei Schweine zur Selbstversorgung, einen Garten für Gemüse. Aber ihr Vater wusste, es war immer knapp. So gab er ihn dann des Öfteren Korn, Kartoffeln und Futter für die Schweine. Als der Stiefsohn es mal mitbekam, lief er zur Mutter. Der hat schon wieder dem Schneider was gegeben. Dann war erst wieder Theater. Da sie sich viel in der Nähe ihres Vaters aufhielt, bemerkte sie immer, wenn er wieder was für den Schneider versteckte. Sie dachte sich ihren Teil und sagte nichts der Mutter und niemandem. Nur Mutter hatte einen großen Bernhardiner, der gut aufpasste und sich immer meldete, wenn jemand auf den Hof kam. Das störte wohl sehr, denn es gab viele, die abends oder nachts auf dem Hof herumschlichen.

Eines Morgens lag der Bernhardiner ganz elendig da, Mutter wusste sofort, man hat ihn vergiftet. Sie sah es auch und es tat ihr leid. Mutter war auch sehr traurig. Wenn Mutter im Garten war, der Bernhardiner, »Senta« hieß er, war immer dabei. Er lief sogar nur durch die Wege des Gartens, niemals über ein Beet. Mutter erzählte mal, als sie noch im Kinderwagen lag, durfte kein Fremder näher kommen. Zu der Zeit, Mutter hatte immer Kostgänger, war es ein Polizist. Mutter sagte zu ihm: »Ich kann es nicht mehr mit ansehen, bitte erschießen Sie ihn.« Sie hörte noch den Schuss. Schade … Eines Tages, sie war wieder sehr traurig, weil sich niemand um sie kümmerte und mit ihr redete. »Wo ist Papa?«, fragte sie die Angestellte. »Mit den Pferden im Brock.« Es waren dort einige Wiesen und Felder, die bearbeitet werden mussten. Denn lief sie querfeldein im strömenden Regen und suchte Papa. Der Papa war dort nicht zu finden. Dann lief sie wieder zurück, an einem Barackenlager vorbei, wo die BDM-Mädchen zur Kriegszeit und danach wohnten. Sie sahen sie und holten sie herein. »So klatschnass, du holst dir den Tod.« Sie zogen sie aus und legten sie unter eine Wärmesonne, bekam dann große trockene Kleider von den Frauen an und schickten sie wieder nach Hause. Dort war er dann und fragte: »Wie siehst du denn aus?« Er tätschelte ihre Wange. Ihr Vater, der einzige, der sie lieb hatte. Gemeinsam was unternommen wurde nie, jeder wurde sich selbst überlassen. Nur einmal im Jahr durfte sie mit der Kutsche mitfahren, zur Tante oder so durch die Gegend. Sonntags war Ruhetag, alle gingen ihren Bedürfnissen nach. Einmal im Jahr gönnte er sich dann eine Fahrt mit (der Kutsche) dem Zug zu seiner Schwester nach Haltern. Oder er fuhr zur Schwester in den Nachbarort. So hatte er wenigstens einen Gesprächspartner, wo er auch mal seine Sorgen loswerden konnte. Zu Hause hörte ihn niemand an. Als er aus dem Krieg nach Hause kam, half er seiner Schwester, den Hof zu bewirtschaften. Denn ihr Mann war im Krieg gefallen, zwei Söhne hatte sie auch im Krieg verloren. Drei Kinder blieben dann übrig. Später hat sie ihrem Vater mal gesagt: »Wärst du doch bei deiner Schwester geblieben, dann hättest du nicht so viel Demütigung ertragen müssen.« Er musste ja auch so viel laufen, das ganze Land bestellen, alles zu Fuß. Düngen, hinterm Pflug oder Egge, Korn einholen. Er ist sicher einmal ganz um den Erdball gelaufen. Der liebe Herr Sohn aus erster Ehe half nie. Hätte man ihn dazu gezwungen, vielleicht wäre was aus ihm geworden. Er konnte sich aber immer gut drücken. Die Liebe zu seinen Pferden ließ ihn einiges durchhalten. So war er ganz stolz, wenn er einmal im Jahr den Bischof aus Münster mit seiner Kutsche fahren durfte. Er wurde abgeholt, zur Kirche gebracht, wo ein hohes Fest gefeiert wurde. Dort saß der Vater dann auf seinem Kutschbock, im schwarzen Anzug mit Zylinder und drehte einige Runden durchs Dorf.

Ihr Vater war sehr gläubig, es seinen Kindern zu vermitteln überforderte ihn jedoch. So kam es dann eines Morgens zu einem Zwischenfall. Es war so üblich früher, jeden Morgen musste man vor der Schule zur heiligen Messe. Die Kirche war jeden Morgen brechen voll. Alle Schüler, von der 1. bis zur 8. Klasse, dann die ganzen Dörfler. Da kann man heutzutage nur noch von träumen. Die Kinder vom Rande des Dorfes aus den verschiedenen Bauerschaften mussten teilweise 3 bis 6 km laufen, bei Wind und Wetter. Sie hatte es dagegen einfach, eben nur über den Hof zu laufen und schon war sie da. An dem Morgen hatte sie keine Lust, schlecht geschlafen, oder wieder des Nachts gestört worden. Es wird Zeit, du musst zur Kirche, keine Lust und möchte nicht. Ihr Vater sagte nochmal, du musst zur Kirche, nein heute gehe ich nicht zur Kirche. Dann nahm der Vater die Pferdeleine vom Haken und fing erst vorsichtig an, los geh jetzt, nein und nochmal nein. Die Schläge mit der Leine wurden bei jedem Nein fester, es tat weh und sie weinte und weinte und schnotterte, bis sie dann ging. Die Kirche war brechend voll, alle saßen schon in den Bänken, die Messe hatte schon begonnen. Sie musste heulend und schluchzend durch den Mittelgang nach vorne zu ihrer Klasse. Alles schaute auf sie. Sie schämte sich so sehr, konnte nicht aufhören zu weinen. Zum Beten kam sie nicht. Heute fühlt sie noch die Schmach.

Ihr Papa war nicht immer so nett. Er konnte zum Beispiel, wenn sie was falsch gemacht hatte, es immer allen erzählen. Darüber hat sie sich sehr geärgert. Überhaupt erzählte er alles, was ihm auf dem Herzen lag oder in der Familie passierte. Am Stammtisch, bei seinem Schneider. Mutter ärgerte sich auch immer sehr darüber. Später hatte er dann ja auch seinen Grund, denn niemand hörte ihm zu oder sprach mit ihm, da sein Stiefsohn nur Dummheiten im Kopf hatte, nie im Betrieb half, er alles ihrem Papa überließ. Mit 18 Jahren übernahm sein Stiefsohn den Hof. Das war der Anfang vom Ende, ein großes Desaster. Nun war er der Chef. Er hatte nichts gelernt, sein Praktikum auf einem Gutshof geschmissen, da er keine Lust zum Arbeiten hatte. Denn sobald er die Schlüsselgewalt hatte, machte er, was er wollte. Gar nichts mehr. Er brauchte Geld. Was die Kühe und Schweine einbrachten, verpulverte er, die Arbeit überließ er den anderen. So ging es mit dem Hof bergab. Wenn er Geld brauchte, wurde wieder was an Land verkauft. Zu Billigstpreisen. Er hatte Blut geschleckt, denn für Geld bekam er alles, was er sich wünschte. Zuerst ein dickes Motorrad, 500er BMW mit Beiwagen. Dann eine Limousine »einen BMW-V8«, zu protzig. So betörte er einige Frauen damit, die er dann links liegen ließ. Alkohol, Kneipen, Casinos, Bad Zwischenahr, Bad Bentheim, Enschede, Baden-Baden. Alles Geld, was er in der Tasche hatte, wurde verpulvert. Er war dann tagelang nicht zu Hause. Weltreisen, einmal um die ganze Welt, Afrika, Kanaren. Wenn er nichts mehr hatte, kam er wieder nach Hause. So einige Experten, Bürgermeister und sonstige Stinkstiefel, wussten ihn genau zu nehmen. Sie wussten, er braucht wieder Geld. So wurden die nächsten Grundstücke veräußert, zu Billigstpreisen, es war eine Schande. So wenig war ihm sein Erbe wert. Alle lachten sich eins ins Fäustchen. Denn sie wussten genau, wenn er erst mal wieder ein paar Schnäpschen und Bier getrunken hatte, konnten sie alles von ihm haben. Er gab Runden aus, schenkte der Kellnerin ein Goldkettchen. Er war dann der Beste, alle guten »Freunde« laugten ihn aus, er merkte es nicht einmal. Von seiner Mutter ließ er sich nichts sagen, von seiner älteren Schwester auch nicht. Wer was sagte, wirklich helfen wollte, waren scheinheilig für ihn. Dann meinte er: »Von mir bekommt ihr nichts, keiner bekommt was.« Er sagte, er würde auch so früh sterben wie sein Vater mit 30 Jahren, denn er war auch dem Alkohol zugetan. Einmal kam sie gerade aus dem Internat aus Zürich nach Hause. Ihr erster Weg war immer in den Stall, um zu sehen, wie es den Tieren geht. Sie erschrak. Der erste umgebaute Stall, zu der damaligen Zeit, 1959, aufs Modernste eingerichtet, mit abrollbarer Mistrinne, automatisch, Melkmaschine usw. Es standen nur noch fünf Kühe dort, eine gähnende Leere im großen Stall. Er, ihr Halbbruder, stand da und war am Melken, sie hatten ihn dazu verdonnert. Es sind deine Kühe, dein Hof, also mach auch deine Arbeit. Da er keine Lust hatte, verkaufte und verhökerte er die guten Milchkühe für einen Schleuderpreis, so wie die anderen Tiere auch. Was er gleich wieder für seine Belange ausgab. »Wo sind denn die ganzen Kühe geblieben?«, fragte sie. Als sie ging, waren es 30 gute Milchkühe. »Die sind alle trocken geworden«, sagte er lakonisch. Sie dachte sich ihren Teil. »Mama, er hat die ganzen Kühe verkauft.« Ihre Mutter sagte nichts, was konnte sie denn auch schon machen, sie war machtlos. Ihre Mutter hatte eine Erbschaft gemacht, von dem Verkauf des Hofes, den sie von ihrem Patenonkel erben sollte, nebenbei gesagt. Ihrem Sohn davon ein paar Rinder gekauft. Wo sind denn die Rinder geblieben, ja wo wohl! Bis zum Schluss hat sie es nicht so richtig glauben können, dass ihr eigener Sohn, dem immer geholfen wurde, ihr so was antun konnte.

Nun zu dem Geld aus der Erbschaft. Ihr Patenonkel, der im letzten Drittel des Krieges in Litauen gefallen war, hatte einen Hof. Er sagte zur Mutter, so hat sie es ihr selber erzählt, als ob er es schon ahnte: »Wenn ich nicht wiederkomme, bekommt mein Patenkind den Hof.« Ihre Mutter fragte sie, die Pacht war gerade zu Ende gegangen, sie war erst 15 Jahre und wollte nie einen Bauern heiraten. Sie war zu jung und dumm. So verkaufte sie den Hof, anstatt ihn weiter zu verpachten, bis sie älter wäre und mehr Verstand haben würde. Das Geld vom Verkauf wurde aufgeteilt. Die Geschwister und der anderen Seite. Später stellte sich dann heraus, selbst ihre Mutter sagte einmal: »Es ist schade, der Hof ist nicht mehr da, heute könntest du ihn gut gebrauchen. Du bist die Einzige, die Interesse zeigt und arbeiten kann.« Sie war ja auch die Einzige, die sich für Landwirtschaft interessierte, keine Angst vor Arbeit hatte. Sie konnte richtig zulangen, wenn es um Arbeit ging. Es machte ihr sogar großen Spaß. Das Geld war futsch, sie sah nie etwas davon. –

Selbst seine Vollschwester, sie war intelligenter, hätte sie den Hof oder das Gut bekommen, würde er sicher auf Vordermann gehalten. So ein Erbe, es war wirklich ein wunderschöner Besitz. Ganz in Fachwerk von 1725. Im Vordergiebel war das ganze Johannesevangelium geschnitzt, später woanders wieder aufgebaut. Stand unter Denkmalschutz, bevor er 1959 abgerissen wurde. Ja, von ihm, dem Erben. Mit Elan und Freude ging es mit dem großen Trecker und Frontlader zur Sache, um alle Wände abzureißen. Gerade an dem Tag, wo sie reisen musste, zur Schweiz. Sie sagte noch zur Mutter:»Warum muss er gerade jetzt, wo ich doch abreisen muss, damit anfangen.« Sie weinte. Er hätte auch später damit anfangen können. Seine Schwester hatte sogar einen Verwalter geheiratet. Den sie auf einem Gutshof im Sauerland, beim Fabrikant »Falke«, zu einem einjährigen Praktikum kennen und lieben gelernt hatte. Er machte dann später seinen Meister. Das wärs gewesen, aber es sollte nicht sein. Zu aller Schande hat er sie auch noch für eine läppische Aussteuer abgefunden. Es war Schmach und Hohn. Für was er alles Geld ausgegeben hat, davon hätte er seiner Schwester einen Hof kaufen können. Nur ein paar Mark hat er lockergemacht und einen gebrauchten VW. Damit musste sie sich dann zufriedengeben. Er hatte eine große Fläche Land verkauft für einen Appel und ein Ei, wie man sagt. Davon wurde ein neues Wohnhaus und neue Stallungen gebaut. Wohl nicht überlegt, wer dann die Arbeit machen soll. Zuerst füllten ja die Kühe vom alten Hof die neuen Ställe aus. Seine ältere Schwester war verheiratet und ins Sauerland gezogen, wo sie einen Pachthof versorgten, kleine Kinder hatte und keine Zeit, nach dem Rechten zu sehen, konnte nichts machen, hatte ja keine Befugnis. Einmal hatte man ihm von seinem Land verkauft, das ganze Geld in dicken Bündeln, aus der Jackentasche gezogen. Er trank, wurde verführt, gab damit an und zeigte, was er doch für ein toller (armer) Kerl war. Er wurde beraubt, hatte dann wochenlang kein Geld mehr, lief immer besoffen herum. Er musste zu Gericht. Irgend etwas war gewesen. Da er total voll war, die Richter beleidigte, er sich schon tagelang nicht geduscht, gewaschen oder umgezogen hatte, erschien er in seiner dreckigen Montur, Lederhose, dreckiges Hemd, ein speckigen Hut, im Gerichtssaal. Da war erst einmal Schluss. Die Richter es jetzt selbst gesehen hatten, wo Mutter lange, lange um gekämpft und gebettelt hatte. Sie wurde Vormund, er bekam nur noch sein Geld zugeteilt. So kam er etwas zur Ruhe und zu Verstand. Für Mutter und Vater war es ein Glücksfall. Sie bekamen ihre Landwirtsrente, konnten so, was noch vom Hof übrig war, verwalten und bewahren. Der Mutter merkte man sofort an, wie erleichtert sie war. Sie hatte keine richtigen Berater. Wenn jetzt die Vollschwester den Hof hätte verwalten können. Sein Erbe, nur noch wenig Land, keine Chance. So dümpelte alles vor sich hin. Durch die jahrelangen Strapazen, Leid, Ärger, Sorgen, wurde ihre Mutter schwer krank. Sie ging leider nie zum Arzt. Sie selber war in Frankfurt, hatte dort eine Stelle, Büro und Verkauf. Bis ein Brief kam, du musst nach Hause kommen, Mama ist krank. Ihr jüngerer Bruder kam und holte sie ab. Wieder zu Hause angekommen hieß es, Haus, großer Garten, große Anlagen, drei Männer, eine Kostgängerin versorgen. Mit ihrer Mutter ging es bergab, der Arzt sagte, es ist nichts mehr zu machen. Was nun, es war kein Geld da? Mutter hatte ihr versprochen, ich sorge dafür, das du deine Aussteuer bekommst. Sie dachte sich, woher? Sie wusste keinen Rat, keiner war auch da und gab ihr einen Rat. Also fuhr sie zum Vormundschaftsrichter und erklärte alles so, wie es war. Er meinte nur:« Mädchen, Mädchen, warum sind Sie nicht eher gekommen.« So konnte die Mutter noch in den letzten Wochen, wo sie noch lebte, ihre Unterschrift leisten für das Vormundschaftsgericht. Sie wurde ausgezahlt und bekam sogar noch ein kleines Gehalt für ihre Arbeit. Kost und Logis wurden sofort abgezogen, wie das so ist mit den Ämtern und Gesetzen. Ihr fiel ein Stein vom Herzen, also war sie doch nicht so ganz wertlos. Als ihre Halbschwester es hörte und zu Besuch kam, meinte sie, sie selbst gerade die Tür geöffnet, kein »guten Tag« nichts dergleichen kam, meinte sie: »So, das habe ich für dich erkämpft.« Sie selbst war sprachlos. Sie hat doch gar nichts getan, wenn sie es nicht selber in die Hand genommen hätte, stände sie ganz schön belämmert da. Ein paar Wochen später starb ihre Mutter, sie hatte im ganzen Körper Krebs, nur noch ein Häufchen Elend. Ganz, ganz schwer gelitten hat sie. Dicke Morphiumspritzen halfen schon lange nichts mehr, dazu noch einen künstlichen Mageneingang, wo sie das Essen mit einer Spritze einführen musste. Selbst das konnte sie nicht mehr aufnehmen, meinte, es geht mir etwas besser, wenn da gar nichts mehr reinkommt. Sie hatte große Schmerzen, die Spritzen halfen nicht mehr, die Medizin war noch nicht so weit. So kam der Arzt jeden Tag und gab ihr Spritzen. Sie wollte nicht mehr leben und erlöst werden. Da der Arzt aber nicht konnte, so kam dann eine Arzthelferin, war gerade da gewesen mit einer dicken Spritze. So sagte die Mutter: »Ich halte es nicht mehr aus, hole noch einmal den Arzt.« Sie meinte: »Er war doch gerade noch da.« »Du dummes Kind ... rufe ihn noch mal an.« Also lief sie zum Telefon, sprach mit dem Arzt, dann schalt der Arzt sie auch noch aus: »Ich war doch gerade noch da, es geht nichts mehr.« Das jetzt ihrer Mutter beibringen! Was sollte sie nur machen. Am anderen Morgen meinte sie: »Heute Nacht hab ich geglaubt, ich sterbe.« Sie war ganz ruhig. Sie wurde ganz schwach und sagte nicht mehr viel. Am anderen Morgen war sie tot. Vater hatte gar nicht mal was gemerkt. Er sagte nur: »Als ich aus dem Zimmer ging, hat sie noch was zu mir gesagt. Ich habe aber nichts verstanden.« Als sie dann später ins Zimmer kam, um sie zu waschen, war sie tot. Ihr Arm lag so seitwärts, sie hielt das Taschentuch noch in der Hand. Es war ein Schock. Dann die Beerdigung vorbereiten. Ein Rechtsanwalt, der Mutter wohl beraten hatte, aber auch nichts Besseres wusste, kam einen

Tag später. Alle kamen angereist. Ihre jüngere Schwester sah nun auch einmal, wie ihr Halbbruder sturzbesoffen war, durch das Haus torkelte und auf allen vieren daherkroch. Sie regte sich auf und meinte: »Mama liegt über Erden und du läufst hier besoffen herum.« Einmal sah sie es jetzt. Der Rechtsanwalt meinte noch, sie reibe sich daran auf. Am Tag der Beerdigung hatte er dann morgens nichts getrunken. So lief dann alles seinen gewohnten Gang. Gerade ein paar Wochen vor dem Tod ihrer Mutter hatte sie sich ein Pferd gekauft, von dem Geld, was sie sich bei den paar Schweinen ihrer Mutter beim Verkauf behalten durfte. Sie hatte es ihrer Mutter noch gesagt. »Du musst jetzt selber wissen, was du willst.« –

Im folgenden Winter, Mutter war schon eine ganze Weile nicht mehr da, hatte sie ihre jüngere Schwester besucht, die sich mit einer Freundin aus der MTA-Schule zusammen eine Wohnung gemietet hatte. An dem Abend, es war noch gar nicht mal spät, aber stockdunkel und lausekalt. Etliche Minusgrade ließen sie schnell wieder nach Hause fahren. Ein kleines Stück noch durch die Anlagen und sie hatte das Haus erreicht. Was war das für ein Geräusch! Zuerst ignorierte sie es, blieb aber dann doch stehen und lauschte. Schon wieder dieses Geräusch, ein Röcheln und Stöhnen, was ist das? Da ist jemand, sie dachte aber nicht an ihren Bruder. Dann fiel es ihr wie Schuppen von den Augen: Es kann nur er sein. Allein bekam sie ihn nicht hoch. Er war ja ganz durch die Sträucher bis zum Zaun gefallen. Er schaffte es nicht alleine aufzustehen. Sie rannte ins Haus, rief ihren Vater, ihren Bruder: »Kommt schnell, er liegt da draußen, total voll und kommt nicht hoch.« Gemeinsam schafften sie es, ihn dann aufs Sofa zu legen. Was hatte er ein Glück gehabt. Normalerweise wäre keiner mehr nach draußen gegangen. Später dachte sie dann, wenn ihr alle Untaten wieder einfielen, sie schlimme Gedanken hatte, ihn am liebsten verwünscht hätte, er doch ihr und allen das Leben auf gut Deutsch so richtig versaut hatte: Wäre ich doch einfach weitergegangen, hätte ihn liegen lassen sollen. Dann wäre ein großes Problem aus der Welt geschafft. Aber dann ermahnte einen doch das Gewissen. Sonst wäre er erfroren. Sie sagten sich, wie kann man einen Menschen so vollfüllen, ihn dann bei der Kälte alleine nach Hause schicken. Die liebe, gute Nachbarschaft ...! –

»Für die Sünden anderer büßen. Warum musst du immer wieder in der Vergangenheit wühlen, ist das Mitleid, Mitgefühl? Oder willst du damit nur zeigen, wie viel ich dir wert bin. Du tust immer so fein, aber sie merkte es wohl, kein bisschen sensibel. Glaubst du vielleicht, du bist besser, du drehst die ganze Geschichte um. Was man mir angetan hat, meinte sie zu ihrer Schwester, geht über alle Grenzen und über jede Hutschnur. Sie wurde so dargestellt, als wäre sie schuld. Hast du es auch schon mal anders gesehen? Sie das Opfer war. Alle haben es gewusst, keiner hat ihr geholfen, alle haben geschwiegen, um »einen« zu schützen, es ist auch euer Verderb geworden. Was wäre passiert, wenn ihr ihn angezeigt hättet? Damit meinte sie nicht die jüngere Schwester, sondern die ältere. Sie war doch noch ein Kind gewesen. Dabei brauchte sie euch nicht erklären, was man als Kind für Möglichkeiten hat, sich zu wehren. Und die Älteren, vielleicht wäre, wäre, wäre alles anders gelaufen, wenn er angezeigt worden wäre. Vielleicht der Hof noch da, oder jemand anderes hätte ihn bekommen. Ja, sie merkt es selber schon, sie druckste immer um diese Sache herum. Es ist unheimlich schwer, es zu sagen, darüber zu sprechen. Jemanden anklagen. Denn sie wusste ja, alle haben es gewusst, hinter der Hand wurde getuschelt. Keiner war da, hat sie gewarnt, pass auf, sei wachsam. Nicht einmal die eigene Mutter. Von ihrem Vater wusste sie nichts, er war ja immer auf dem Feld. Nur einmal wollte er sie bei einem Freund unterbringen, es hat aber nicht geklappt. Also musste er auch was gewusst haben. Ihre ältere Schwester wusste was, erfuhr sie dann später, als sie immer Fragen stellte, die aber nichts Genaues sagte. Sie machte sich ihre Gedanken darüber. Vierzehn Jahre und immer noch nicht aufgeklärt. Sie stand mit dem Eleven in der Küche am Herd. Er wollte ihr was sagen, rückte aber nicht so recht damit heraus, druckste herum und meinte nur: »Pass auf dich auf, mach nachts deine Türe zu.« Sie hatte keine Ahnung und meinte: »Ich passe schon auf.«

Am anderen Tag hörte sie, der Eleve war gegangen, warum?, fragte sie, keine Antwort. Sein Vater, der auch auf dem Hof arbeitete und Flüchtling war, er ging dann auch. Sie sieht heute noch den mitleidigen Blick. Wieder wurde nichts gesagt, als sie fragte, warum gehen sie fort. Auch der zweite Eleve ging ein paar Tage später. Sie wussten was und sagten nichts. So dumm wurde sie stehen gelassen. Nur einmal wurde sie wach, lag im Bett und ihr war so übel, alles drehte sich, das ganze Zimmer roch nach Äther. Sie ging nach unten, die Mutter stand am Herd. Es war helllichter Tag, sie erwachte im Bett, wo es so stark nach Äther roch, was ist das. »Mama, mein ganzes Zimmer stinkt nach Äther, wie kann das? Mir ist so komisch, komm mal mit rauf.« Sie stand da, putzte weiter an ihrem Herd herum und sagte nichts. Nur sie merkte, der Mutter ging was durch den Kopf, weil sie zusammenzuckte. Inzwischen waren wohl zehn Minuten vergangen, die Mutter rührte sich nicht. Plötzlich ließ sie ihren Lappen fallen und ging die Treppe rauf, sie zottelte hinter ihr her. Auf dem Zimmer angekommen, standen die Tür und das Fenster sperrangelweit auf. »Ich rieche ja nichts«, sagte die Mutter. »Ja, einer war hier und hat wohl gelüftet, aber eben roch es doch so schlecht, du hast ja auch so lange gewartet.« Beide gingen wieder nach unten, Mutter ging wieder ihrer Arbeit nach. So musste es wohl öfters passieren. Es kam vor, wurde von der Schule nach Hause geschickt. »Du siehst so schlecht aus, gehe lieber nach Hause.« Sie schlief mit der älteren Schwester zusammen auf einem Zimmer. Als sie für ein Jahr ins Sauerland ging, auf ein Gut, und den Haushalt besorgen sollte, war sie jetzt allein, auch das Zimmer hatte sie für sich. Er nützte die Zeit, er wusste, der Vater ist auf dem Feld, die Mutter weit hinten im Garten. Sie hatte viel zu tun. Für 17 bis 20 Personen manchmal. Gemüse anbauen, alles sauber halten usw. Die Knechte und Mädchen-Mägde waren mit auf dem Feld, hatten tagsüber auch ihre liebe Arbeit. Oft hat sie später darüber nachgedacht. Heute kann sie sichs in etwa vorstellen. Wie schaffte er es nur, sie müde zu machen, dass sie sich nach einem Bett sehnte. Es gab damals auch schon »Elixiere« oder präparierte Pralinen, K.O.-Tropfen oder Ähnliches. Wie, wie hat er es nur geschafft??? Es ist ihr ein Rätsel. Er ist zu schlecht und raffiniert dazu. Schlechte Freunde hatte er damals auch schon. Sie war müde und dachte, ich lege mich erst einmal ins Bett, kaum auf ihrem Zimmer und da stand er, ihr Halbbruder, an ihrem Bett und legte ein Laken darauf. »Was machst du denn hier?«, meinte sie, heute sieht sie noch sein Gesicht, diese Augen, satanisch. Sie ging zu ihrer Waschkommode, was ist das denn? Dort stand eine offene Karaffe mit durchsichtiger Flüssigkeit. Sie roch daran, sie hörte nur noch, als er sagte: »Ja, da riech du mal dran.« Von da an wusste sie nichts mehr, was war, was geschehen war. Als sie wach wurde, wie viel Zeit vergangen war, wusste sie nicht. Damals schaute man nicht so oft zur Uhr. Nur die Kirchturmuhr läutete die Zeit an. Was ist das? Sie hatte etliche blaue Flecken am Körper, sie konnte es sich nicht erklären. Dachte auch gar nicht daran, was vorher war, er war ja lange weg. Aber irgendwann, sie weiß die Zeit nicht mehr, kam alles wieder in Erinnerung. Er musste es wohl des Öfteren so angestellt haben. Denn einmal sagte die Mutter zu ihr: »Du schläfst jetzt bei Karin auf der Upkammer.« »Warum das denn?« »Frag nicht so viel, da schläfst du jetzt, basta.«

Wenn die Luft rein war, musste er es wohl öfters getan haben. Vielleicht während des Schlafens mit einem Wattebausch voll Äther oder K.O.-Tropfen. Alle ließen sie im Dunkeln stehen. Später, viele Jahre später wusste sie, sie haben es alle gewusst, Papa, Mama, die ältere Schwester, die Angestellten. Sie mussten ihn auch wohl mal erwischt haben, stellte einige Fragen. Aber nichts kam. Warum nur, warum hat keiner geholfen. Es ist doch unmenschlich, verbrecherisch. Was haben sie alle, heute aus ihrer Sicht, viel Schuld auf sich geladen. Sie war schon lange geschieden und nicht mehr auf dem Bauernhof, wurde sie nachts von ihren eigenen Schreien wach. Sie merkte im Schlaf, es liegt jemand in meinem Bett und fasst mich mit nackten Armen, die sie versuchte abzuwehren, an, wurde wach dadurch und hörte, es müssen zwei sein, die sagten: »Dann legen wir sie in eine Decke ...«, und sie lauschte und lauschte, sehr lange, es tat sich nichts mehr, ob sie gemerkt haben, dass sie wach geworden ist. Ganz deutlich hat sie es doch gehört. Sie machte das Licht an, dann stellte sie fest, es war wieder mal ein Alptraum.

Ihr Vater wollte sie einmal bei einem Freund, der eine Gastwirtschaft hatte, in seinem Heimatort unterbringen, zum Küche-Lernen, nur weg vom Hof. Aber sie hatten genug Personal. Dann ging es wieder nach Hause. –

Er, der Halbbruder, half nie im Stall oder auf dem Feld. Oft bekam sie die Wortgefechte mit, die ihre Mutter mit ihrem Sohn ausfocht. Oder der Vater kam und sagte, ich kann das nicht alleine, er muss helfen. Er half nicht. Sobald er etwas Geld in der Tasche hatte, was die Mutter mit ihrem Schweineverkauf erworben hatte, oder das ganze Milchgeld ihm gab, weil er nicht aufhörte zu betteln. Die Mutter war zu weich, sie hätte ihm nichts geben sollen. Aber er lungerte, wenn der Schweinehändler kam, immer herum und ließ keine Ruhe, bis Mutter ihm das Geld gegeben hatte. Dann war er wieder unterwegs und gab das ganze Geld wieder für sich aus. Sie ahnte etwas, wusste aber nicht genau, was es war. Angst hatte sie, wo sollte sie auch hingehen. Alle anderen Zimmer waren vergeben. Schlafe ich im Stroh, in der Scheune, wenn mich keiner sieht, wenn ich da hingehe. Nehme ich meine Bettdecke und schlafe unter dem Bett? Aber da kann er mich dann doch sehen. Was mache ich bloß? Einen Besenstiel vor die Tür stellen, oder etliche Dosen stapeln, die umfallen, wenn die Tür aufgeht, dass es kracht und ich wach werde? Sie stellte Dosen vor die Tür, aber das hatte er auch schon wieder mitbekommen, fragte auch noch frech: »Was machst du da, warum?« Was sollte sie auch sagen, eigentlich wusste sie ja nichts, oder sie wusste es doch, konnte sich nicht verteidigen. Er fing an, Land zu verkaufen für Bauplätze. So hatte er viel Geld und war ständig unterwegs. Besagte Freundinnen besuchte, die ihm wahrscheinlich auch noch einen schlechten »oder guten« Rat gaben, um alle Familienangehörigen vom Hofe zu verjagen. Oft kam er betrunken nach Hause, meinte dann: »Ihr alle bekommt von meinem Hof nichts ab, gar keiner und nichts.« Alle schauten, was er hatte, was er meinte. Mutter und Vater wussten mehr, konnten aber nichts ändern. Es war nun mal sein Hof. Alle machten aber seine Arbeit, so sah er es nicht. Oft kam es vor, er hatte wieder Bauplätze verkauft, viel Geld in der Tasche, Nachbars Kneipe nebenan. Das war von nun an seine Beschäftigung. »Gute« Freunde stellten sich schnell ein und gaben ihm gute Ratschläge. Öfter kam es vor, wenn er richtig voll war, er nicht mehr gehen konnte, mit seinem Geld Runden schmiss, mit seinen dicken Geldbündeln in der Tasche prahlte, der Kellnerin eine goldene Kette kaufte, um Anerkennung zu finden. Ihn dann bis zum Hof brachten, ihm die Geldtasche entwendeten und er am anderen Tag nicht mehr wusste, was war. Wo ist mein Geld? Rotz und Kegel heulte, alle verfluchte. Bis zur Ernüchterung hatte er sich schon wieder was anderes überlegt. Noch einen Bauplatz, noch einen Bauplatz. Jetzt kam der große »Esch« unter den Hammer. Bürgermeister und Konsorten hatten sich schon lange bei ihm eingeschlichen. Ihn umgarnt, den »Hof« gemacht. Er kam sich vor wie ein dicker Baron. Der Satan hatte ihn voll im Griff. Die Mutter kämpfte derweilen um die Vormundschaft. Das war nicht so einfach, er durfte ja, es war ja sein Hof, verkaufen, was er wollte. Er soff wieder weiter, Tag für Tag. Er wusch sich nicht mehr, rasierte sich nicht mehr, er stank zehn Meilen gegen den Wind. Hatte er irgendwas gemacht und wurde zu Gericht geladen, der Termin stand fest, er kam sich aber sehr erhaben vor. »Die können mich alle mal«, meinte er. Ging so in seiner speckigen Lederhose-Knickerbocker, einen verfilzten Hut, dreckiges Hemd und mit speckiger Lederjacke los zum Termin. Vorher noch ein paar Schnäpse rein, jetzt war er gut gewappnet. Am anderen Tag stand es ganz groß, fast eine Seite der Tageszeitung. Er hat die Richter beleidigt, als er gefragt wurde: »Wie erscheinen Sie denn hier in diesem Aufzug?« Er meinte: »Ich habe gerade Jauche gefahren«, usw. Als die Mutter es las, meinte sie, jetzt hat er sich selber ein Bein gestellt. Ab da war Mutter Vormund. Er bekam sein Taschengeld, nun war es aus mit großem Herumprotzen und Geld ausgeben. Mutter und Vater bekamen ihre Rente. Ein paar Jahre wurde es ruhiger. Aber an ihrer Mutter ist es nicht spurlos vorbeigegangen. Sie war vergrämt und wurde krank, sehr krank, ging ja auch nie zum Arzt. Der Vater war auch erleichtert, er hatte ja sowieso nie etwas zu sagen gehabt. War immer nur das Arbeitstier gewesen, um »seinen« Hof zu erhalten. Seine Kinder gingen leer aus. Außer es wurde mal ein kleiner Bonus für seine Kinder eingezahlt, monatlich nur ein kleiner Betrag. Was bald eingestellt wurde, nur noch für ihre jüngste Schwester und ihren Bruder hin und wieder was eingezahlt. Sie bekamen am wenigsten. Warum, hat sie sich gefragt. Auf ihrem Konto war fast nichts, was dann später ihr Bruder, der meinte, das lohnt sich nicht, gib mir die Police, dann zahle ich weiter darin ein. Ihre jüngere Schwester bekam das meiste Geld, wo sie sich dann später ein Dutzend Spatensilber-Besteck von kaufte, ihrer Schwester dann noch unter die Nase rieb und dabei lächelte, so wie sie es heute auch noch tut: »Ich habe das meiste bekommen!« Inzwischen war sie ja im Internat in Zürich gewesen, hatte die landwirtschaftliche Rechnungsschule in Rolandseck bei Bonn besucht. Irgendwas musste sie ja auch machen. »Vielleicht klappt es ja und ich bekomme eine Stelle als Gutssekretärin.« Es gab damals noch Stellen und Arbeit genug, da kann man heute nur noch von träumen. Es meldeten sich auch etliche Gutshöfe, wo sie hätte anfangen können. Aber nur wenig Geld. Nach Abzug von Kost und Wohnen blieb ihr dann nur ein wenig. Es war zu wenig, um auf einen grünen Zweig zu kommen. Also annoncierte sie noch mal. So bekam sie bei der Firma Desch »Antriebselemente«, Hauptsitz Berlin, für ein Vierteljahr Probezeit zugesagt. Sie wollten sie gerne behalten. Verkauf und Büroarbeiten. Sie war ein Landkind, eine richtig Landpomeranze. Ja gut, einmal Berlin, ganz schön, aber nicht für immer, dachte sie. Kommt Zeit, kommt Rat. Die Probezeit war vorbei und so kam sie zur Zweigstelle nach Frankfurt. Ein Jahr wurde es dann daraus. Mutter ging es immer schlechter. »Du musst nach Hause kommen.« Ihr jüngerer Bruder holte sie ab. So hatte sie die Mutter zu pflegen, drei Männer zu versorgen, einen Kostgänger, einen großen Garten, viele Blumenbeete, sehr viel Rasen. Ihre Mutter war eine große Botanikerin. Sie liebte ihre Blumen. Sie kannte alle Blumen und Pflanzen bei botanischem Namen. Auch ihre einzige Freude. Später hörte sie dann noch des Öfteren, wo andere Familienangehörigen sich mokierten und meinten, da hat sie das ganze Geld reingesteckt. Das war nicht so, sie ärgerte sich, so was zu sagen. Der Neid und Missgunst ist immer groß. »Lasst Mama doch ein bisschen Freude, es ist doch das einzige, was sie hat, woran sie sich freut. Sie ist doch von dem ganzen Ärger krank geworden.« Jede Woche wurde nun Rasen gemäht, 3000 Quadratmeter, die Blumenbeete, das große Haus, die Hausarbeit, putzen, kochen, waschen, Unkraut ziehen. Aber sie liebte die Ordnung so wie ihr Vater und hielt alles in Ordnung. Sie bekam dann mal einen Rasenmäher mit Antrieb. Auch da wurde wieder drüber gelästert: »Muss das denn sein?«, meinte ihr Schwager. Es war viel Arbeit, sie war aber flott und fleißig. Das konnte sie. Ihre Männer standen oft hinterm Fenster und beobachteten das ganze Geschehen. Diese alten Säcke, dachte sie nur. Keiner bequemte sich nur einmal, ihr einmal zu helfen.

Mit der Mutter ging es bergab. Inzwischen wurde sie operiert, hatte einen künstlichen Mageneingang und war bettlägerig. »Einmal möchte ich noch durch meinen Garten gehen, wenn du mir nur einmal die Treppe hinunterhilfst.« Das war ihr letzter Gang. Ein paar Wochen später, die dicken Morphiumspritzen halfen nicht mehr, es war schlimm, es anzusehen. Sie konnte auch bald nicht mehr, selber wog sie auch nur noch 40 kg, es war hart, alles mit anzusehen, nicht helfen zu können, und die ganze Arbeit. Die ältere Schwester war zu Besuch, einmal noch die Mutter sehen. Sie selber meinte, sie konnte ja auch nicht wissen, wie lange es noch so weitergeht. Die Mutter pflegen und alles. Der Saufkopp ...! So sagte sie: »Wenn es noch lange so weitergeht, kann ich es auch nicht mehr.« Aber die ältere Schwester grinste nur höhnisch, so wie immer, und sagte nichts. Sie wusste aber wohl, was sie dachte. Ein paar Tage später war sie tot. Einen Tag vorher meinte sie noch: »Heute Nacht habe ich geglaubt, ich muss sterben.« Die Zeit ging dahin, die Arbeit blieb. Der Halbbruder bekam einen anderen Vormund, einen Gärtner aus der Nachbarschaft. Seine ältere Schwester wollte es nicht übernehmen. Sie hatte vier kleine Kinder, dann wohnte sie weit im Sauerland, unmöglich. –

Ihr Halbbruder wollte gerne Pilot werden, meinte aber, alles mit Geld kaufen zu können. So ließ er sich dann fliegen. Was das alles kostete, nicht dran denken. Als er noch dem Alkohol verfallen war, saß er mal mit einem großen Lautsprecher, hagelvoll, »mein Funkgerät«, meinte er, und laberte in einem Kauderwelsch ein paar englische Worte dazwischen, in einer Lautstärke, es ging durch die ganze Nachbarschaft, nicht zum Aushalten, um auf sich aufmerksam zu machen und um sie zu ärgern. So spielte er seine Spielchen. Bis ihr der Kragen platzte, sie ihn zurechtstutzte und anschrie. Ihre Nerven lagen blank. Was sonst noch alles war. Er ging einem auf den Geist. Seine Späße gingen zu weit. Wenn sie gekocht hatte und noch schnell bis zum Mittagessen dazwischen ihr Pferd fütterte, wiederkam und feststellte, was mit dem Essen ist. Es schmeckte doch eben noch hervorragend, die Soße von den gebratenen Rippchen war eben auf einmal ganz geronnen und schmeckte sonderlich. Sie fragte Vater: »War *er* hier in der Küche?« »Hab ich nicht gesehen.« Wer konnte es sonst gewesen sein, etwas in die Soße zu schütten oder zu pinkeln, was ihm zuzutrauen war. Ja, dieses Essen konnten sie heute nicht essen. Es passierte des Öfteren, etwas war wieder mit dem Essen, was vorher noch gut war. Einmal hatte sie ein großes Hüftsteak gebraten, es roch schon so lecker. Was er auch wohl in seinem Versteck auch so sah. Schnell das Pferd noch füttern, dann wird gegessen. Als sie wiederkam, wo war das Hüftsteak? »War *er* hier?« »Hab ich nicht gesehen«, meinte ihr Vater wieder. »Heute Mittag essen wir nur Bratkartoffeln mit Spiegelei.« Er stand immer auf Lauer, man wusste nicht, wo er sich versteckte. Später wusste sie es, er hatte da auch schon ein Abhörgerät, so ein kleines Kästchen, so wusste er immer genau, was gesprochen wurde und wo alle waren. Der Lauscher an der Wand hört seine eigene

Schand. Ihre Nerven lagen blank, wurden zu stark strapaziert. Nicht nur das, er schickte ihr einen Autohändler ins Haus, der meinte, er habe gehört, sie wolle einen Mercedes kaufen. Ein anderes Mal kamen zwei Männer auf den Hof, sie war gerade beim Rasenmähen, »Sie waren doch gestern in Rheine«, meinten sie, »und stehen da Männern zu Diensten.« Sie wusste nicht, was sie da zu hören bekam, wusste nicht mehr ein noch aus, sie war nicht in Rheine gewesen. Auch erzählte er es in der Nachbarschaft herum, in seinen Kneipen. Erzählte Lügen über Lügen über sie.

O mein Gott, was ist das schrecklich. Sie hätte in den Boden versinken können. Am anderen Tag hatte sie sich einen Termin beim Vormundschaftsrichter geholt. So erzählte sie es dem Richter, so wie sie es erlebte. Ja, meinte er, er müsste in eine Erziehungskur. Geld bekam er ja wohl von werten Herren des Dorfes. »So geht es nicht weiter. Ich gehe weg, halte es hier nicht mehr aus, ich haue ab.« Wohin? »Papa, der Arme, was wird mit ihm?« Sie rief im Ort die Sozialstelle an, sie kannten ihn ja alle, klagte ihr Leid, setzte sie unter Druck. Wenn er, ihr Halbbruder, nicht innerhalb von zwei Tagen eine Entzugsstelle bekommt, kann ich nicht hierbleiben. Fange auch schon langsam an durchzudrehen. Wenn er mal besoffen ankam und auf Händen und Füßen durchs Haus kroch, sie ihn einmal, wenn sie ihn getroffen hätte, eine Dose Milch an den Kopf geschmissen hat, sie dann ein freches Grinsen auch noch in seinem Gesicht sah, ihr jüngerer Bruder sich auch noch mokierte und meinte: »Die dreht auch schon durch«, es allen erzählte, die sich auch noch darüber amüsierten.

»O bitte, halten Sie noch ein bisschen aus, ich will es versuchen, einen Platz für ihn zu bekommen.« Alle Anstalten waren auch gut ausgebucht. Ein paar Stunden später rief sie wieder an: »Im Moment ist noch nichts frei.« »Versuchen Sie es weiter.« Sie dachte, endlich mal einer, der mich versteht.

Nach Feierabend rief sie noch einmal an. »Ich habe einen Platz für ihn gefunden, in Essen bei Patres in einem Kloster.« Wo sie mitarbeiten mussten, selber fürs tägliche Leben sorgen. »Er kann sofort kommen, nur wer bringt ihn dahin, will er es auch?« »Da werde ich schon für sorgen.« Sie passte ihn gleich morgens ab, als er von oben kam, aus seinem Schlafzimmer. »Wir haben eine Stelle für dich gefunden in Essen, dort wirst du therapiert. Geh duschen, pack deine Sachen ein, die du brauchst, und dann fahren wir los.« Sie hatte sich selber vor Monaten einen VW gekauft, so brachte sie ihn nach Essen. Er sagte nichts, murrte auch nicht, er hatte ja auch noch nichts getrunken. Ganz freiwillig stieg er ein. Ein paar Meter weiter stand unser Dorfpolizist mit einem Gummiknüppel in der Hand und passte auf. So lieferte sie ihren Halbbruder an der Pforte ab. Musste noch mit reinkommen und die Personalien angeben. Der Patre versuchte doch noch einmal schnell, um sie auf die Probe zu stellen, und meinte: »Im Moment haben wir aber nichts frei.« Er sah wohl ganz schnell ihre Reaktion darauf. Sie war ja sprachlos, man hatte ihr doch gesagt, diese Stelle ist zu haben. »Ja, ja«, sagte er dann ganz schnell, »es ist doch noch ein Zimmer frei.« So verbrachte er dann ein ganzes Jahr dort, und so, wie es aussah, machte er Fortschritte. Einmal haben ihre Geschwister und sie ihn besucht. Sie fuhren dann zur Dortmunder Westfalenhalle, dort fand gerade eine internationale Hundeausstellung statt. Der Vormundschaftsrichter hatte es ihr gesagt. Sie müssen ihn auch mal besuchen. So hatten alle wenigstens ihre Pflicht getan. Er war gut drauf und sah wieder wie ein normaler Mensch aus. Nur seine ältere Schwester besuchte ihn nicht. Sie war sehr enttäuscht, er hatte sie ja auch übergangen. Nur die kleine Aussteuer, einen alten VW, was sie mitbekam. Er alles verhökerte und sie wusste ja auch viel mehr über ihn, als sie zugab. Seine Übergriffe an seiner Halbschwester und so weiter und so fort. Man kann es ihr nicht verdenken. Sie wusste, er war nicht mehr zu retten. Er hasste seine Vollschwester, weil sie ihm des Öfteren die Leviten las. Hass macht krank und noch kränker. Als er dann nach einem Jahr aus dem Entzug nach Hause kam, ging es ja auch ganz gut. So lange, bis er wieder die Vollmacht hatte. Er allein auf dem Hof war, eine neue Wirtschafterin hatte und ein Verhältnis mit ihr anfing. Sie selbst hatte geheiratet und war vom Hof abgezogen. Die Wirtschafterin ihn gekonnt durch bestimmte »gute Freunde« aus dem Ort ausnutzte, die sofort wieder zur Stelle waren. Sie die Hausdame spielte, mit ihm große Reisen unternahm. Das Geld vom Landverkauf unter die Leute brachte. Bis er es merkte, und so wie es immer war, eine Abweisung, gemerkt und ausgenutzt zu werden, was unausweichlich war zu seinem und des Hofes Ruin. Er ließ sich nicht helfen, war dickköpfig. Immer glaubte er noch, alle wollen nur, was mir gehört, wegnehmen, merkte nicht, er war es doch selber, der sein Hab und Gut verpulverte. Hoffnungslos gaben alle auf. Mit seiner Gesundheit ging es auch bergab. Nur die Schwiegertochter seiner früheren Haushälterin kam noch ein paar Stunden die Woche und versorgte den Haushalt »etwas«. Die ehemalige Haushälterin verschwand, als sie merkte, es ist nichts mehr zu holen. Die Vollmacht über sein Konto hatte die Schwiegertochter, was sie auch voll ausnutzte, bis zum letzten Tag, wo sie noch den Rest von seiner letzten Monatsrente fand, abbuchte und für sich benützte. Es gab keine Belege, also konnte keiner was dagegen tun. Einen Tag später fand man ihn im Wohnzimmer, wo er ein Bett stehen hatte. Die Pflegerin ihr aber auch gesagt hat, es geht zu Ende. Nun hatte seine Vollschwester gehofft, noch etwas retten zu können, denn es hätte ihr zugestanden. Seine Halbgeschwister wussten es ja, ihnen steht nichts zu. Es waren nur noch ein paar Tausend auf dem Konto. Wo konnte das Geld sein? Zuallererst wurde »sie«, die Halbschwester, verdächtigt. Die Frage:»Warst du mal zu Hause in letzter Zeit?«»Nein«, meinte sie. Dann kam auch noch die zweitjüngste Schwester, wieder mit ihrem Hintenherum-Getue.»Hast du ihn noch besucht in der letzten Woche?«

Nur um zu erfahren, ob sie wohl das Geld bekommen hat. Sie hatte sich doch gerade 14 Tage vorher von ihrem Mann getrennt, keine Zeit gehabt. Die neue Wohnung, die neue Arbeitsstelle, was sollte sie noch alles machen. Aber so war es oft, diese Missgunst, alle glaubten, die hat sicher das Geld bekommen. Sie hat ihn ja auch noch einmal vorher im Krankenhaus besucht, bevor er wieder nach Hause kam. Sie hat ihnen später verzeihen können und das war gut so, aber diesmal für sich selbst. Ihr jüngerer Bruder rief an beim Vermieter, selber hatte sie noch kein Telefon. Er ist gestorben. Er hat allen, die sich Sorgen um ihn machten das Leben zerstört. Dann ging es ein paar Wochen später um das Resterbe. Es standen dort noch wunderschöne alte Möbel von der Mutter, oder Antiquitäten, die er sich selber gekauft hatte, alles schwere Eichenmöbel. Ihre Geschwister zogen sich zurück, sie wurde erst nicht mit einbezogen, alles wurde per Telefon aufgeteilt. Ihre zweitjüngste Schwester, die weiter weg wohnte, rief sie an:»Ich fahre noch mal nach Hause und schaue mir die Sachen an, die ich brauchen kann, aber alleine!« In einem Ton, sie hört es heute noch, »*Aberalleeieiene*«. Dann trafen sie sich alle ein paar Wochen später. Die älteste Schwester bekam das Geld, ihr Bruder die Küche und einen schönen Schrank.»Was hast du dir ausgesucht?«, wurde sie dann gefragt.»In meiner kleinen Wohnung, 50 qm, kann ich nichts stellen, vor allem die dicken Eichenschränke nicht.« Es war lächerlich, sie wussten doch genau, sie kann die schweren Schränke nicht unterstellen.»Ich möchte nur das kleine Fernsehschränkchen, so was brauche ich, und das andere kleine Schränkchen für Porzellan«, was ihr Halbbruder selber mal gearbeitet hatte, so was fehlte ihr. Denn die meisten Möbel aus ihrer Aussteuer hatte sie auf dem Hof gelassen, ihre Tochter lebte da auch und ihr Exmann. Ihr Halbbruder hatte eine große Begabung zum Kunstschreiner. Nur, er bekam dann eine Holzstauballergie und musste damit aufhören. Sie meinte: »Vielleicht will ja meine Tochter was haben«, sie hatte ihren Freund mitgenommen, zum Tragen helfen. Dort war dann schon die Tochter ihrer Halbschwester und motzte ihre Tochter an, die dann Hals über Kopf den Ort verließ. So bekamen dann die Kinder von ihrer Halbschwester die dicken alten Eichenmöbel. Ihre jüngste Schwester bekam den russischen Samowar, sie hatte ja auf alles andere verzichtet. Die Beerdigung war dann ein Auflauf. Ellenlange Reihen schleppten sich hinter dem Sarg her. Sie dachte nur, wie viele sind dabei, die ein Grundstück für einen Appel und ein Ei bekommen haben, sich an ihm bereichert haben, von seiner Krankheit profitiert, ihn ausgenutzt haben. Jetzt die letzte Ehre erweisen, mit was für einem Gewissen? Bei einem Schülertreffen sprach man davon: »Man müsste deinem Bruder ein Denkmal setzen.« Die bekam von einer alten Mitschülerin einen Seitenstoß: »Nun hör doch auf, du kannst nicht so reden.« Sie schaute betreten zu Boden. Es dauerte nicht lange, ihr jüngster Bruder musste sich eine andere Bleibe suchen. Alles wurde dann abgerissen, das fast neue Haus, die Scheunen und Ställe, wo einmal der Hof war. Sie haben es wahr gemacht. Vor zwei Jahren war sie das letzte Mal im Heimatort. Eine Freundin aus ihrer Jugendzeit, die nach Amerika ausgewandert war, besuchte sie. Wir fahren mal dahin. Sie stellten beide fest, das, was der Ort einmal war, ist er nicht mehr. Kreuz und quer durcheinander gebaut, schlecht geplant, Geschäftsaufgaben, geschlossene Läden und so weiter und so fort. Das hatten sie nun davon. Ihr Gedanke war immer, aus dem Hof mit Parkanlagen ein schönes Landhotel zu machen. Der Hof stand ja schließlich unter Denkmalschutz. Aber er gehörte ihr ja nicht. Nichts ist mehr so, wie es einmal war. Ihr Bruder hätte einen wahren, treuen, guten Freund gebraucht. So sind die Menschen, meckern ja, aber helfen nicht. Eine Ära ging zu Ende, 350 Jahre, alles für die Katz.

Das war die eine Seite!

... und hier die andere Seite!

Vorher hat sie es gar nicht gewusst und wahrgenommen. Was er alles getan hat, ihr Leben fast zerstört, sie vor anderen Leuten schlecht gemacht und Lügen erzählt. Er hat es einfach nicht ertragen können, seine Mutter hatte ja wieder geheiratet. Sie war dann die Erste aus zweiter Ehe. Die Eifersucht hat ihn dazu gebracht, Kinder können es nicht verstehen. Der Vater tot, plötzlich ein anderer Vater. Sie war der Eindringling und so wurde sie auch behandelt. Sie für dumm halten wollen für die Arbeit auf dem Hof. Durfte nicht in den Kindergarten, später nicht zur Realschule, keinen Beruf erlernen, als sie aus der Schule kam. Es hieß immer nur: »Ach die!« Aber Jahre später war es so, wenn sie was zu ihm sagte, hörte er sogar auf sie. In der schlimmen Zeit, wenn er sich nicht pflegte, und sie sagte: »Du musst mal wieder unter die Dusche«, parierte er ohne Widerworte. Wenn sie sagte, du säufst dich noch zu Tode, sie einen Termin beim Arzt gemacht hatte, deine Leber muss mal wieder entgiftet werden, dann trottete er, wie ein folgsamer Hund, ohne zu knurren, hinter ihr her bis zum Arzt. Da hatte sie auch das Wort und der Arzt steckte ihn für ein paar Tage ins Krankenhaus. Dann ging es erst eine Weile gut. Aber die Nachbarkneipen wurden ihm schnell wieder zum Verhängnis. Einmal wieder in den alten Trott, ging es wieder bergab. Heute weiß sie, wenn die Nachbarn auch Freunde gewesen wären, oder er jemanden gehabt hätte, der ihn an die Hand genommen hätte, im Sinne, dann hätte er es geschafft. Es gibt nun mal schwache Menschen, die geführt werden wollen. Wer weiß, wie alles gekommen wäre. Denn alle Dummheiten und teuflische Sachen, die er gemacht hatte, waren ein Aufschrei: »Nun helft mir doch, ich schaffe es nicht alleine.« Aber so schlau und gut war niemand, der ihm aus dieser Krise herausgeholfen hat.

## Ihr Dalmatiner

Sie hatte ja ein Pferd, also wollte sie auch richtig reiten lernen. Auf der Reit- und Fahrschule in Münster, damals noch Steinfurter Straße, absolvierte sie einen sechswöchigen Kurs für das Bronzene Abzeichen in Reiten und Fahren. Dort lernte sie eine Holländerin kennen. Ihr Vater war Arzt und hatte ein Arabergestüt. »Komm doch mal ein Wochenende mit.« »Ja gerne«, meinte sie. Es war kalter Winter und so fuhren sie mit dem Motorrad, ein ganzes Stück nach hinter der Grenze, bis zu dem Ort. Keine passende Kleidung. Sie packten sich unter der Jacke, über den Stiefeln und an den Beinen ganz mit Zeitungen zu, sie hielten ja ein wenig Kälte ab. Dann ging es los, sie auf dem Sozius, es war saukalt und die fuhr so schnell. Endlich angekommen, konnten sie keine Glieder mehr spüren. Es dauerte Stunden, ehe sie wieder aufgetaut waren. Man musste ja auch noch zurück. Hart gesotten, wie beide waren, hatten sie sich nicht mal erkältet. Zu Hause zeigte sie ihr das Gestüt, wunderschöne Araberpferde. Ein Hengst, mehrere Stuten, Fohlen, Jährlinge, zweijährige und dreijährige. Die Gesichter der Pferde, die Eleganz, die Wachsamkeit und Neugierde, einfach phantastisch. Nur der Hengst stand in einem eigenen Stall. Die anderen Pferde liefen so auf dem Vorhof herum, hatten dort einen großen Brunnen und eine Raufe Heu. Dann zeigte die Freundin ihr den Hengst: »Musst aufpassen, er kann ganz schön eifersüchtig sein.« Sie hatte es noch nicht ganz ausgesprochen, da hatte er sie schon am Ärmel hochgerissen und fallen gelassen. So schnell wie ein Blitz. Der Boden war hart und sie fiel genau auf ihren Ellenbogen. Aber da konnte man ihn wachsen sehen. Es tat höllisch weh und sie hatte ruck, zuck ein dickes Gänseei unterm Ellenbogen. Ein guter Arzt war ihr Vater nicht, er schaute sich das an und gab ihr noch nicht einmal was zum Kühlen oder Einreiben. Eine Nacht geschlafen, dann ging es in Herrgottsfrüh wieder los, eingepackt in Zeitungen. Um acht Uhr fing die Pferdepflege an, danach frühstücken, dann reiten, nachmittags Theorie und Gespann fahren. Ein paar Tage tat der Arm sehr weh. Aber Indianer kennen keinen Schmerz. Nach zwei Wochen fuhr sie wieder mit, denn der Dalmatiner ihrer Freundin hatte zwölf Junge bekommen. »Einen bekomme ich.« »Ja, kannst du haben, 200 DM.« Oh, ganz schön viel Geld. »Nur du musst noch sechs Wochen warten, dann kannst du ihn abholen.« So kam sie dann zu ihrem Dalmatiner. Sie durfte sich sogar einen aussuchen. Es wurde ein bisschen mit den Welpen gespielt und einer war da, der gefiel ihr. Sie hatten da noch keine dunklen Flecken. Aber als sie ihn abholte, die Freundin dachte, sie kennt ihn doch nicht wieder. Da hat sie aber schlecht gedacht. Es war der Schönste aus der Truppe. Die Schwester ihrer Freundin war nicht damit einverstanden und meinte: »Da häff se sik den Schönsten drutsocht.« Sie schimpfte: »Geb ihr einen anderen.« Sie hielt ihn fest und nahm ihn mit nach Hause. Ihre Freundin durfte alleine nach England fahren und sich ein Pferd für die Vielseitigkeit ersteigern. Die Araber waren nicht dafür geeignet. Später fuhren sie dann einmal nach Bukelo zu einer Vielseitigkeit. Marlie hieß sie, ihre Reitfreundin. Ihre Schwester, die ihr den Hund nicht gerne geben wollte, sieht sie heute des Öfteren mal am Fernsehen als Moderatorin für Adelsgeschichten-Häuser der Niederlande. Beide waren mit ihrer Arbeit und ihren Pferden beschäftigt, so verloren sie sich aus den Augen. Eigentlich schade. Nur einmal besuchte ihre Reitfreundin sie auf dem elterlichen Hof. Sie war ganz erstaunt. »Das ist deine Arbeit, so ein großer Garten mit Anlagen und dann das große Haus und die Pferde.« Denn ihre Stute hatte inzwischen ein Fohlen bekommen. »Ja, Arbeit hab ich genug«, meinte sie. »Ich bin eigentlich gekommen, um dich abzuwerben.« »Wieso, was hast du mit Werbung zu tun. Ich kenne dich, und was du alles so schaffst.« »Wir haben in Frankreich ein Anwesen, wo unsere Pferde, vor allem junge Pferde, aufwachsen, ein schönes Haus, wo wir hin und wieder Urlaub machen. Du wärst die richtige Person dafür, bekommst es auch gut bezahlt.« Sie war ganz baff: »Ich spreche doch kein Französisch.« »Das ist nicht schlimm. Wir sind immer für dich da.«

Tausend Gedanken gingen ihr durch den Kopf, das wäre schon was. »Gerne würde ich es machen, nur mein Vater lebt noch und ich mag ihn nicht allein lassen.« Schon wieder eine gute Chance entgehen lassen. So fuhr sie wieder ab und meinte: »Überleg es dir genau, es wäre schade für dich« – denn schon mal hatte sie sich eine gute Chance entgehen lassen, da war es das Elend mit dem Hof und dem Bruder.

Sie war in Zürich im Internat, um die feine Küche zu lernen. Eine Mitschülerin sprach sie an: »Meine Mutter und ich, wir möchten dich gerne mitnehmen nach Bern. Wir möchten, dass du für uns kochst.« Jahre später tat es ihr noch leid, es nicht gemacht zu haben. Vieles wäre ihr erspart geblieben. –

Zu Hause dann durfte der Dalmatiner, ihr Hund, mit ins Haus. Er war ja noch so klein, sie holte eine Obstkiste, legte eine weiche Decke rein, einen Handfeger mit Naturhaar, und so verbrachte er die ganze Nacht ganz ruhig in seinem Bett. Nur ein paar Tage später, es juckte und juckte überall. Sie schlief mit der jüngeren Schwester zusammen, sie meinte: »Bei mir juckt es auch so.« Er hatte ganz kleine weiße Flöhe mitgebracht, die man nicht sehen konnte. Er wurde entlaust, entfloht – und sie beide auch. Ab da war Ruhe.

Sie gab ihm den Namen »Dexter«. Er kam aus einem Hundeadelsgeschlecht »Road van Behaer«. Er war sehr kinderlieb, konnte lachen, zog dabei Lefzen hoch, wenn er sich freute, so sah es aus, als ob er lacht. Überall, wo sie sich aufhielt, da war er auch. Wenn sie ausritt, er hinterher. Wenn sie ihr Pferd longierte, lief er mit in die Runde. Wenn sie im Garten am Arbeiten war, wich er nicht von ihrer Seite. Er meinte dann, dort sind Mäuschen, weil sie schon mal sagte: »Mäuschen, Mäuschen.« Wenn sie spazieren ging, er schon mal Kaninchen jagte, wollte er schnell es packen. Nur ein Pfiff und er war wieder da, zur Stelle. Er gehorchte aufs Wort. Schade, später wurde er sehr schlecht von ihrem Mann behandelt. Er hat ihn nicht ein einziges Mal gestreichelt, wie einfach hätte er es gehabt. So waren beide eifersüchtig. Ihr Dexter passte auf ihre Reitsachen auf, wenn sie auf einem Turnier war. So durfte damals nicht mal ihr Freund ihre Reitsachen aus dem Wagen holen. Er knurrte dann. Das missfiel ihrem Freund, so nahm er ihn mal und schlug auf ihn ein. So sagte es ihr eine Reiterin. Gemeinsam hätten sie es sicher gelöst. Wenn sie dabei gewesen wäre, vielleicht wäre einiges anders gelaufen. So machte er es in Zukunft immer, alles nur immer mit Gewalt. Aber alles ist passiert, vergangen, aber nicht vergessen, wenn, wenn … Immer wieder heute dieses Wörtchen wenn. Es lässt einen nicht los.

– – –

Liebe, Verliebtsein, die Sehnsucht und Hoffnung nach Nähe und geliebt zu werden gehen manchmal seltsame Wege. In der Schule war es ein Bauernjunge. Einige Mädchen waren stark von ihm eingenommen. Ewald hieß er. Also entdeckte sie auch auf einmal, er ist nicht schlecht und sogar nett. Die anderen Jungs haben nur geärgert. Dann war da noch ein Junge aus der Nachbarbarschaft. Der Vater war Küster, seine Frau sah man kaum. Sie ging nur selten ins Dorf, es war ja auch nichts los, Kirche und einkaufen, das wars schon in dem kleinen Dorf. Sie hörte, wenn sich ihre Mutter mit der älteren Schwester oder dem Dienstmädchen unterhielt.

Der Küster trifft sich jeden Tag mit »der« und kratzte Zeichen in den Sand. Sie holte mit Pferd und Wagen die Milch von den Bauern und brachte sie zur Molkerei. Jahre später fuhren sie dann ein Auto. Für ihr Dorf war es schon merkwürdig. Alles sehr katholisch und dann noch Küster, der ein außereheliches Verhältnis hat. Sie dachte nur, seine arme Frau. Dieser Küster hatte einen Sohn. Er war ein paar Jahre älter und spielte ganz toll Gitarre. Sie liebte Gitarrenmusik und hat sich deshalb in ihn verliebt. Jedes Mal, wenn sie ihn sah, machte sie einen großen Bogen um ihn herum. Viel zu schüchtern, wagte sie nicht mal ihn anzusehen. Morgens um sieben Uhr fuhr er mit dem Bus zum Gymnasium, so was gabs im Ort nicht. Sie konnte direkt vom Schlafzimmerfenster bis zur Straße sehen. Die Zeit kam, hüpfte schnell aus dem Bett oder sie stand schon vorher am Fenster, nur um ihn zu sehen, wenn er vorbeiging. Ein kurzes Vergnügen. Aber irgendwie musste er es wohl gemerkt haben. Einmal im Kino fragte er sie: »Darf ich dich gleich nach Hause bringen?« »Ja«, sagte sie.

Das sah aber ein anderer Nachbarsjunge, der ihn kannte: »Ich bringe dich nach Hause.« Es war auch vielleicht besser so. Seitdem war es vorbei. Dann sah sie ihn mit einem anderen Mädchen aus dem Hain kommen. Na so was! –

Als die Schule zu Ende war, musste sie erst zu Hause bleiben und auf dem Bauernhof helfen. Alle ihre Mitschüler fingen eine Lehre an oder gingen weiter zur Schule. Sie hat manchmal geweint, wusste nicht, was sie machen sollte, sie war ja abhängig. Sie wurde nicht aufgeklärt. Es wurde hämisch gelacht, wie dumm »sie« doch ist. Du bist ja nur eine ... Der große Bauernhof und der Standesdünkel haben sie hochnäsig, stolz und ungerecht gemacht. Die Mutter heiratete den Vater nur, weil er die Arbeit auf dem Feld übernehmen musste. Der hochwohl geborene Sohn brauchte nichts machen, er drückte sich, wo er nur konnte. Die Mutter kam schon lange nicht mehr mit ihm klar. Er wusste genau, er bekam ja mal den Hof, wenn er 18 Jahre alt ist. Sie hört es heute noch. Du alte »Sowieso«, später mehr davon, was der hochwohl geborene Sohn alles so anstellte, um den ganzen Betrieb zu verschleudern. Mutter und Vater waren machtlos. Der Umgang mit seinen schlechten Freunden, das viele Geld, was er vom Besitz als Bauland verkaufte, führte er ein Lotterleben. Frauen, Reisen, Alkohol, Spielsucht brachten ihn dann letztendlich zum Ruin, körperlich, geistig, finanziell, ein Wrack.

Eigentlich will sie ja von ihrer ersten Liebe erzählen. Ein Cousin ihrer Halbgeschwister kam aus Holland, aus einem sehr guten Hause. Er brachte seinen Freund mit, »Peter« hieß er. Vom Schlafzimmerfenster sah sie die beiden durch den Garten gehen. Ganz hin- und hergerissen von dem Freund, der groß, schlank, braun gebrannt war und dunkle Haare hatte, war sie eigentlich traurig. In den könnt ich mich verlieben, aber so eine wie mich, doof, dumm und nur »Die«, ja so eine wollte er bestimmt nicht. Aber dann hat sie es doch gewagt, sich am Frühstückstisch zu setzen, obwohl sie schon gefrühstückt hatte.

Die Schwester meinte: »Du hast doch schon gefrühstückt.« »Ich esse doch noch etwas.«

Sie waren beide sehr nett und sie stellte fest, er lief fast immer hinter ihr her. Zu den Weiden, die Pferde ansehen. In der Mittagszeit hatte sie eine Decke auf den Rasen gelegt. Er kam dazu und setzte sich neben sie. Dann nahm er sie mit in die Scheune, wo Stroh lagerte, so kam sie zu ihrem ersten Kuss. Mein Gott, was war sie happy und wusste nicht, was mit ihr geschah. Das wars eigentlich schon. Die beiden mussten wieder nach Hause. Er kam hin und wieder zu Besuch, es lagen zwar immer Monate dazwischen, aber schreiben tat er öfter. Sie war gerade 18 Jahre alt geworden, er wollte nach Afrika, nach Südafrika, er hatte Gartenbau studiert und wollte sie mitnehmen. Heiraten wollte sie aber noch nicht. »Ist mir zu früh«, meinte sie, »vielleicht später.« Er war nur drei Jahre älter. Verstehen konnte er es nicht. Einmal meinte er: »Ich muss immer kommen, jetzt musst du mich einmal in Holland besuchen.« Also fuhr sie dann nach Holland, nach Groningen, dort wohnte er bei seinen Eltern. Die Eltern waren sehr nett. Der Vater zeigte ihr ein dickes Buch, mit Bildern aus dem Krieg, und meinte: »Sieh da, was die Deutschen gemacht haben. Ganz Groningen haben sie zerstört, die Juden vertrieben und ermordet.«

Zu Hause wurde ja nicht viel darüber gesprochen, sie dachte, was kann ich dafür, es ist schon schrecklich. Das hörte ihr Freund und schimpfte mit seinem Vater: »Jetzt hör endlich auf.« Die Mutter war sehr zurückhaltend. Drei Tage blieb sie. An einem Tag war Großmarkt. Er nahm sie mit und zeigte ihr Früchte und alles an Obst, was sie noch nie gesehen hatte. In ihrem Dorf gab es ja so was nicht. Was ist das, und was ist das? Was ist das für eine große Frucht? Sie fasste den Stiel oben an und der Stiel ging dabei ab. Der Marktbeschicker schimpfte, so musste er, ob er wollte oder nicht, diese Melone mit nach Hause nehmen. Zu Hause schimpfte dann die Mutter: »Warum bringst du die Melone mit, ist doch viel zu teuer.« Sie stand ganz schön dumm da.

Ein anderes Mal nahm er sie mit auf einen hohen Turm mit Glockenspiel. Nichts anfassen! Auf holländisch, hatte sie aber nicht gesehen. Sie schnippte mit dem Finger an einer Glocke und sie ertönte ganz laut. Das zweite Mal Schimpfe vom Aufseher: »Es darf nichts angefasst werden.« Die zweite Blamage. Etwas Holländisch verstand sie ja. Dann ging es wieder runter, es waren viele Stufen bis unten. Sie hatte dummerweise weiße hochhackige Schuhe an, es war gerade modern. Sie knickte um und rutschte viele Stufen runter, bis auf die Straße. Die dritte Blamage. Der Peter lachte nur und fand es sogar lustig. »Ach, wie dumm von mir. So ist es, wenn Bauerntrampel in die Stadt fahren«, sagte sie leise. Er nahm es ganz gelassen. Am anderen Tag fuhren sie zum Segeln, dort konnte sie keine großen Dummheiten machen. –

Nach dreißig Jahren besuchte er sie, sie war schon lange verheiratet und er auch. Lebte jetzt in Amerika und hatte zwei Kinder. Mit einem Cousin besuchte er sie einmal, er machte Heimaturlaub.»Meine Frau ist nicht mit, diesmal, so kann ich dich einmal besuchen.« Sie würde immer sagen:»Da fährst du nicht hin.« – Bevor er nach Amerika ging, fragte er noch einmal:»Kommst du mit nach Amerika?« Er wollte sie doch heiraten. Sie war vielleicht zwanzig. Es ist mir noch zu früh zum Heiraten.»Ich habe vor, noch ein halbes Jahr nach Wien zu gehen. Etwas anderes sehen und die Wiener Küche kennenlernen.«

Dann fuhr er alleine und sie bekam ein Jahr später einen Brief von ihm: Habe ein nettes holländisches Maisje kennengelernt und geheiratet. Darauf bekam sie ein Jahr später eine Geburtsanzeige. Er hatte einen Sohn bekommen, ein Jahr später noch eine Tochter. Sie war ein bisschen enttäuscht. Wenn er zwei Jahre später noch mal gefragt hätte, wer weiß! Ein paar Jahre war sie schon geschieden und lebte in Warendorf. Dann sagte ihre Tochter:»Es hat jemand angerufen und wollte wissen wo du jetzt wohnst.« Sie verneinte es, er war es. Gemeldet hat er sich aber nicht mehr. Sie dachte sich nur, ja, vielleicht hat es mit dem jetzt Freisein zu tun. Beim Praktikum im Sauerland kam er dann auch einmal abends, es war schon dunkel, mit dem Fahrrad von Holland, von Groningen, unangemeldet. Die andere Praktikantin kam und sagte:»Dort steht jemand vor der Tür, es ist, glaube ich, ein Holländer.« Sie ahnte sofort, das kann nur der Peter sein. Der Arme, so weit mit dem Fahrrad und dann noch bergauf. Es ihrer Lehrfrau sagen, mochte sie nicht. So musste er abends im Dunkeln wieder mit dem Fahrrad zurück. Es tat ihr sehr leid. Die Lehrfrau hörte davon und meinte sogar, er hätte ja hier übernachten können. Zu spät. Dann hörte sie lange Zeit nichts von ihm. Einmal kam er dann doch noch. Sie war schon lange wieder zu Hause. Er meldete sich dieses Mal aber an. Beim Sport, sie ging jede Woche zum Turnen, darin war sie sehr gut: Bodenturnen, Geräteturnen, Gymnastik. Im Sommer auch Leichtathletik. Jedes Jahr wurden einmal in einem großen Saal im Dorf eine Aufführung und Darstellungen aller Disziplinen gemacht. Es war eine schöne Zeit. Körperertüchtigung, Bewegung und Tanz, überall war sie mit dabei. Gemeinschaft, Unternehmungen, Turnfeste. Deutsches Turnfest in München, Hamburg, Kassel, Bielefeld. So sah sie wenigstens etwas von Land und Leuten. München war sehr schön. Sie wählte extra nur Vierkampf. Eigentlich sollte sie einen Siebenkampf machen. Sie wollte aber mit ihren Freundinnen viel Zeit verbringen, um sich München anzusehen. Abends ging es dann nach Schwabing. Beim Trampolinspringen verunglückte sie dann, trat daneben, man hörte ein lautes Knacken, es klang durch die ganze Halle. Ein Kapselriss und sie musste ihren Fuß schonen, konnte nicht mehr auftreten. Dann kam er natürlich. So eine Sch... Auch diesmal fuhr er wieder enttäuscht nach Hause. Er wollte nach Südafrika und sie sollte mitkommen. Nach Südafrika gehe ich nicht. Sie traute sich nicht. Ihr zwei Freundinnen machten sich schon lustig darüber, schickten ihr ein Paket ohne Absender. Sie öffnete es, das Paket war ganz voll weißem Sand mit Lakritzschlangen, Käfer und Gummitieren. Was soll denn das heißen? Sehr begeistert war sie nicht und reagierte sich bei den Freundinnen ab. Beide wurden ganz still. Sie hörte ihre Mutter noch sagen: »Und das sind Freundinnen?« Später bekamen sie es ebenso, aber ungewollt. Ihr Halbbruder schlich immer um sie herum. Er passte insgeheim immer auf, was sie wohl machte. Was sie auch tat oder unternahm, immer hatte er versteckt seine Hand im

Spiel. Eine Praktikantin von der ersten Lehrstelle wohnte in der nächsten größeren Stadt. Dorthin nahm ihr Halbbruder ihre Freundin mit. Denn sie hatten eine Gastwirtschaft. Sie selber wusste aber nicht, sie hatten schon ein Verhältnis miteinander. So blauäugig war sie immer noch. Die Freundinnen haben es auch nie erzählt. Weil ihre Mutter nicht damit einverstanden war, dieses Mädchen vielleicht einmal als ihre Schwiegertochter zu sehen, denn ihre Familie waren Flüchtlinge und ihrer Meinung nach nicht die Richtige. Ihr Halbbruder war ein Luftikus, ihre Freundin wusste aber nicht viel, denn er konnte sich auch fein geben. Dann fuhr sie einmal wieder zu ihrer Bekannten. Zu Hause hatte sie Langeweile. Ihre Bekannte sagte: »Warum magst du nicht, dass deine Freundin mit deinem Halbbruder zusammen ist?« Sie war ganz platt, ihr war es doch egal. »Wer sagt so was?« »Ich doch nicht.« »Ja gut«, sagte sie, »meine Mutter ist nicht so begeistert davon, wenn er ein Flüchtlingsmädchen zur Frau nimmt«. Ihre Mutter hatte so ihre eigenen Vorstellungen. Dann meinte sie noch: »Die Sigrid soll mal froh sein, wenn sie diesen Spieler und Säufer nicht heiratet, sie kann sich doch heute schon vorstellen, es ausmalen, was dann aus einer Ehe wird.« Ruhe ward.

Kurze Zeit später entschloss sie sich nach Zürich in ein Internat zu gehen. Hauswirtschaftsschule. Die feine Küche kennenlernen. Sie war schon angemeldet. Als die zwei Freundinnen kamen, Sigrid war ein Jahr älter als sie und die jüngere Schwester, deren Freund bei einem Autounfall zu Tode gekommen war. »Wir gehen auch in die Schweiz.« Sie war ganz baff. Diese Heimlichkeiten. Also waren beide um Zürich herum. So lief dann die Freundschaft auseinander. Einmal besuchten beide sie und trafen sich in einem Kaffee in Zürich. Dort erzählten sie dann, sie hatten noch Kontakt zum Ort: »Dein Bruder hat einen Autounfall gehabt und dabei jemanden totgefahren.« Sie war geschockt und weinte und weinte sehr. Sie wollte nach Hause fahren und sehen, was ist, wie geht es Mutter. Jemanden totfahren, oh mein Gott, sie musste nach Hause und helfen, sehen, was ist. Es waren noch vier Wochen vor den Ferien und sie hatte kein Geld, um mit dem Zug nach Hause zu fahren. Es war ja nie Geld da, sie bekam ja kein Taschengeld. Ihr Bruder fuhr einen dicken BMW-V8, das war damals schon was. Ihre Freundinnen gaben ihr das Geld für die Zugfahrt. Da fing er schon an und gab das Geld von den verkauften Grundstücken nur so mit vollen Händen aus. Mutter bekam nichts. Sie musste zusehen, ein paar Mastschweine, die sie hielt, wenn sie fett waren, zu verkaufen. Somit hatte sie wenigstens etwas Geld, um ihren anderen Kindern und den Angestellten, wenn sie mal zum Helfen kamen, etwas zu geben, sie zu bezahlen. Ihr Vater und der Onkel, der auf dem Hof lebte, »Onkel Bob« wurde er genannt, wurden auch davon bezahlt. Später dachte sie, wäre ich doch nicht nach Hause gefahren, hätte kein Geld dafür ausgegeben. Dann als sie zu Hause ankam, sie musste vom Bahnhof noch ein paar Kilometer laufen, sah sie ihren Bruder. Er saß auf dem Trecker und war am Pfeifen und grinste, als er sie sah. Wusste nicht, wie ihr geschah, es war nicht zu fassen. Sie dachte sich ihren Teil. Mutter sagte: »Was machst du denn jetzt schon wieder hier?« Sie erzählte, was sie gehört hatte, und glaubte, sie könnte etwas helfen. Die Mutter sagte mal wieder nichts. Nur: »Wo hast du denn das Geld her für die Fahrt?« Es waren ja 1000 Kilometer. »Von Sigrid und Doris!« »Ausgerechnet *von denen*.« Später hörte sie dann von ihrem jüngeren Bruder, wie es gewesen war. Er hatte mal wieder was getrunken. So ist ihm ein Mann im Dunkeln vors Auto gelaufen. Dabei war er sofort tot. Es tat ihm doch wohl leid, er war geschockt und hatte große Ängste. So was ging auch nicht ganz so an ihm vorbei. Auf jeden Fall lief er gleich am anderen Morgen zum Pastor und weinte und bettelte, er möge doch helfen. Er warf sich dabei auf die Knie und bat, man möge ihm verzeihen. So musste er für ein Jahr hinter Gitter und war somit vorbestraft. Die Strafe war sehr milde ausgefallen, aber derjenige hatte kein Licht angehabt. Heute sieht sie es noch, ihre Mutter besuchte ihn einmal. Ganz gebeugt und schweren Schrittes musste sie es über sich ergehen lassen. Dann fuhr sie, als die Ferien zu Ende waren, wieder ins Internat nach Zürich. Nur einmal trafen sie sich noch und sie gab ihrer Freundin das geliehene Geld zurück. Das wars dann. Eigentlich mochte sie die Sigrid ganz gerne. So erwähnte sie es nach Jahren mal bei einer Schulkameradin, ich möchte Sigrid noch wohl mal wiedersehen. Die Schulfreundin hatte sich mit ihr in Verbindung gesetzt und telefonierte mit ihrem jüngeren Bruder. Er brach einfach nach einiger Zeit das Gespräch ab und legte den Hörer auf. Erst später erzählte er ihr davon. Es war schade und sie fand es gemein, ihr nicht einmal die Telefonnummer von ihr zu geben. Aber er wollte und will mit den vergangenen Zeiten nichts mehr zu tun haben.

## »Onkel Bob«

Josef hieß er eigentlich, man nannte ihn aber »Onkel Bob«. Seine Eltern hatten das erste Textilgeschäft im Ort, das er übernehmen sollte. Er sprach auch im Alter noch gut Französisch, was sie einmal auf dem Tonband aufnahm. Auch sang er dann französische Lieder, sie fand das ganz toll. Hin und wieder bekam sie ihn so weit, dass er sang. Sein Bruder war sogar Professor, ein bisschen abwesend fand sie ihn. Als er mal zu Besuch kam und am Gartentor vor dem Zaun stand, öffnete er nicht die Gartentür, sondern stieg einfach darüber. Sein Bruder erzählte, als sie spazieren gegangen sind und es regnete: »Ach, hätte ich doch den Schirm mitgenommen.« Dabei hatte er ihn in der Hand. Einmal im Jahr besuchte er seinen Bruder auf dem Hof, was ihm doch nicht so recht passte. Seine zwei Töchter waren sogar Gymnasiallehrerinnen, sie wohnten in Köln. Zu seiner Jugendzeit war er oft auf dem Hof, das Textilgeschäft lag gleich gegenüber. Er mochte dort auch gerne sein, er liebte Tiere. Als er die Schule hinter sich gebracht hatte, sollte er dann im Textilgeschäft helfen, es später übernehmen. Eine Weile tat er es dann auch. Bis er dann seinen Eltern verkündete: »Ich bin es leid, hier zu stehen und Spitzen zu messen, gehe lieber zum Hof und passe auf die Kühe auf.« So kam es dann auch dazu. So betreute er dann lange Jahre, vielleicht 50 Jahre, »seine Kühe«. Jeden Morgen bekamen sie frisches Stroh gestreut, sie wurden geputzt und gestriegelt. Von den Weiden in den Stall geholt und wieder hinausgetrieben. Die Tiere gehorchten ihm aufs Wort, er rief nur einmal »antreten« und schon kamen sie über das ausgetretene Pättkes angelaufen. Als die Kühe einmal schwer Maul- und Klauenseuche hatten, weinte er. Selbst einmal musste der Pastor des Dorfes dran glauben. Im Frühjahr wurden die jungen Rinder und Kälber auf eine entfernte Weide durchs Dorf getrieben. »Büttges« wurden sie genannt. Gerade durchs Dorf zu treiben war nicht so einfach und es fehlte an Helfern. Der Onkel sprach nur Plattdeutsch, und als der Pastor gerade dastand, rief er einfach: »Pastor, bliev mal eben dor staun und hoult de Büttges tosammen.« So ganz ohne war der Onkel auch nicht. Ein bis zweimal im Jahr hatte er seine »Tage«, dann blieb er drei Tage auf seinem Zimmer, ging nur nachts in die Speisekammer. Aber helfen tat er, wo er nur konnte. Einmal sagte die Mutter: »Nachbarshund hat schon wieder die Eier aus dem Hühnerstall geholt.«

»Jau, wocht es«, meinte er nur. Eines Tages, er passte immer auf, der Hund war da, sie hörte es und schlich leise, er durfte es ja nicht sehen, hinter ihm her bis zur Scheune, dort konnte sie dann von der Ecke alles gut beobachten. Er schnappte sich den Hund, nahm ihn auf den Arm, da lag ein dicker Knüppel, dreimal schlug er auf ihn ein, dann verscharrte er ihn an den Runkelkuhlen, wo er ein Loch gegraben hatte. Manchmal sah es schon lustig aus. Wenn er einen Hosenknopf verloren hatte, nahm er einfach ein Strohband als Ersatz. Einmal im Jahr musste er Nikolaus sein. Dann wurde die Kutsche angespannt, ein Knecht war der Ruprecht. Es ging quer durchs Dorf, überall bekam er ein Schnäpschen oder auch zwei. Er konnte so gut und glaubwürdig erzählen, aus seiner dicken roten Bibel alle Schandtaten vorlesen. Alle Kinder waren ganz still. Danach bekam dann jedes Kind ein Geschenk aus dem großen Sack, den der Knecht Ruprecht tragen musste. Sie glaubte schon lange nicht mehr an den Nikolaus, aber wenn die Tür aufging und der Nikolaus ins Zimmer kam, so groß wie er war in seiner Tracht mit dem goldenen Stab, glaubte sie wieder. Oben im Haus war ein Schlafsaal, dort schliefen die Knechte, der Onkel und ihr Bruder. Ein kleines Zimmer als Fremdenzimmer, dort schlief ihr Halbbruder. In dem anderen Zimmer schliefen sie und die ältere Schwester. Dem Onkel wurde es immer spät am Nikolaustag, er musste einige Kinder besuchen. Sie ging rauf, musste durch den Schlafsaal und sah den Nikolaus, mit Nikolaushut, seinem Kostüm und dem goldenen Stab, der auf dem Boden lag, in »Onkel Bobs« Bett liegen. Ganz erschrocken rannte sie die Treppe runter, sagte ganz erregt: »Mama, Mama, der Nikolaus liegt in Onkel Bobs Bett.« Ja, seine vielen Schnäpschen, die er getrunken hatte, haben ihn dann am anderen Tag sein Bett hüten lassen.

Einmal wollten sie und ihre Freundinnen eine Maitour machen, aber nur Onkel Bob hatte ein Fahrrad. Er musste ja auch jeden Tag zu seinen »Büttges« gucken, weit weg aus dem Dorf, sie brauchten Wasser. Also bog sie das Schloss vom Fahrrad nach außen und schon ging es los. Aber dann, wieder nach Hause, da wartete ja der Onkel Bob. Sie hörte ihn unterwegs immer schon in Gedanken herumwettern. Zu Hause angekommen, Fahrrad an die Wand und schnell um die Ecke. Eine Woche lang musste sie ihm im großen Bogen aus dem Wege gehen. Dann hatte er sich beruhigt. Er kam auch schon mal und sagte, einer muss mir die Zehennägel schneiden. Ihre älteste Schwester fand das eklig, ihre Mutter tat es auch nicht. »Du musst das machen.« »Ich auch nicht«, war die Antwort. Dann ließ sie sich doch erweichen. »Hab keine Schere.« »Hier, nimm mein Schälmesser.« Sie bekam Gänsehaut und ihre Haare standen zu Berge, so schrecklich empfand sie es. Die Mutter brachte ihr eine Schere. Bei jedem Schnitt rief er ganz laut: »Au! Au! Au!« Auch musste sie sein Zimmer putzen, die anderen trauten sich nicht hinein. Er konnte aber gut erzählen, wusste noch viel von »Früher«. Sie hörte ihm gern zu, es war meist spannend, was er so erzählte. Als die Tochter des Hofes, die damalige Oma, noch klein war, ging sie zum Heuerhans, der Schmied war, und wollte irgendetwas haben zum Spielen, was sie nicht haben sollte. Dann stampfte sie mit dem Fuß auf den Boden und meinte: »Wenn du mi dat nicht giwst, dann jag ick di mit dat Blech ut de Heur (Hür).«

Für Onkel Bob wurde es dann auch traurig, als er dann mitansehen musste, »seine« ganzen Kühe wurden verkauft. Einmal die Woche gönnte er sich dann ein Schnäpschen beim Nachbar-Wirt. Dort hörte er einige Neuigkeiten, die er dann zu Hause immer gleich erzählen musste. Als er mal fragte: »Willst du mal heiraten?«, meinte sie: »Ich mache es so wie du.« Da hatte er großen Spaß. Wenn sie dann noch sagte: »Ich wandere aus nach Amerika«, meinte der Vater: »Bleibe zu Haus und nähre dich redlich.« Vor Wasser hatte der Onkel Angst, darum badete er vielleicht nur zweimal im Jahr. In der Milchkammer, wo auch alle Milchkannen gespült wurden, stand eine Badewanne. Wir Kinder mussten diese Wanne auch nutzen. Onkel Bob hatte Badetag, so hatten die Knechte und ihr Halbbruder sich einen Scherz erlaubt und über den armen Onkel von oben durchs Fenster einen Eimer kaltes Wasser gegossen. Er schrie und schrie ganz laut und schimpfte, zu Recht. Aber da war es aus, stieg der arme Onkel nicht mehr in die Wanne. Eines Tages musste er ins Krankenhaus, drei Tage später war er tot. Ein paar Tage vorher, er ahnte es schon wohl, rief er sie. »Ich will ein Testament machen, schreib alles auf.« Ganz schnell schrieb sie alles auf. Er hatte gar nicht viel, nur ein bisschen Erspartes und eine goldene Uhr. Die Uhr bekam ihr jüngerer Bruder. »Das Geld müsst ihr aufteilen, und mein Bruder, der Professor, bekommt gar nichts.« »Aber das kann ich doch nicht schreiben.« »Ja, das musst du schreiben.« Der liebe Professor hatte sich nämlich sein Erbe untern Nagel gerissen, seinen Bruder betrogen. Darüber war er sein Leben lang sehr gekränkt. Leider hatte er vergessen zu unterschreiben. So machten sich dann noch Monate später ganz entfernte Verwandte von ihm über sein Erbe her, seinen Nachlass.

# Ihr »Schah«

Sie nennt ihn einfach mal »Schah«. Ja, er war der Erste, der sie geknackt hat. Es liegt über ein halbes Jahrhundert zurück. In der damaligen Zeit gingen die Gespräche und das Gemunkel weit über die Grenzen des Dorfes hinaus. Ein Ausländer, ein Schwarzer, er war ja nur schön braun. Aber sie war hingerissen. Die Leute sahen es nun mal anders. Sie machte sich aber gar nichts daraus, denn sie wollten ja heiraten. Kennengelernt hatten sie sich auf einem Studentenkarneval in Münster. Eingeladen wurde sie von einer Freundin aus dem Dorf, die dort eine Gaststätte hatte. Eigentlich hatte sie ja vor, sie mit ihrem Cousin zu verbandeln. Er war schüchtern, sie war schüchtern, zu schüchtern, konnten kaum ins Gespräch kommen. Es war eine lustige Gesellschaft am Tisch. Nur der Cousin konnte nicht tanzen. Bei ihr war es das Gegenteil. Wenn sie nur Musik hörte, konnte sie schon nicht mehr ruhig sitzen, und da sie nicht aufgefordert wurde zum Tanzen, saß sie da wie auf einem heißen Stuhl. Da kam einer, der sie aufforderte. Sie mochte ihn nicht, aber schön brav mitgehen, so war es nun mal. Wenn man aufgefordert wurde, hatte man Folge zu leisten. Er fing an, sie während des Tanzens zu belästigen. Schrecklich, so ein Elend. Der Tanz war zu Ende, Gott sei Dank. Es war Pause und sie setzten sich wieder hin. Der Cousin schaute ein bisschen enttäuscht, und sie hörte, als seine Schwester sagte, als die Musik wieder anfing: »Nun fordere sie doch auf.« Er wagte es nicht und schon stand der Blödmann von eben wieder auf der Matte. Dumm, aber sie ließ sich noch mal überreden. Die Musik spielte wieder, es war eine gute Studentenkapelle. Sie hatte sich selbst aus ihrer Gymnastikkleidung ein Kostüm fertiggestellt, mit Paragraphen und einem selbstgemachten

Doktorhut. Sie wurde auch des Öfteren gefragt: »Kennen Sie denn auch Ihre Paragraphen?« »Nein, nie gehört.«

So fing der Tänzer, der Aufforderer, wieder an, sie zu belästigen. Blödes Anfassen usw. Das sahen auch die zwei dunklen Herren, die ganz am Ende des Tisches saßen. Der eine kam, es war ihr »Schah«, und sagte einfach: »Ablösung!«

Gott sei Dank, sie hätte auch mit jedem anderen getanzt. Er meinte, das kann man ja nicht dulden lassen. Sie sagte nur: »Oh ja, schrecklich.« Von da an tanzten sie den ganzen Abend, bis weit in die Nacht. Zwischendurch kam noch jemand, der mit ihr tanzen wollte. Er erlaubte es. Dieser wollte sie aber in die Sektbar locken. Sie fragte auch: »Was studieren Sie denn oder sind Sie schon fertig?« Ja, er war schon fertig. »Und auf welchem Gebiet?«, fragte sie. Er sezierte Leichen zur Forschung. »Hiiieeehh«, hat sie nur gesagt, ihr wurde ganz anders. Dem »Schah« gefiel es aber nicht mehr, weil der andere sie zu lange in Beschlag nahm und sie immer wieder aufforderte. Er ging dazwischen und sagte seinem Kollegen: »Tanze du jetzt mit mir.« Er hatte was zu regeln. Sie hörte nur noch: »Du altes Schwein, was soll das!« Da zog der andere sie mit nach oben auf die Tribüne und passte gut auf sie auf, er versuchte sogar, sie zu küssen. Sie schaute über die Brüstung und suchte. »Wo ist er nur geblieben?« Sie gingen wieder nach unten und da war der »Schah« wieder da. Dieser: »Dem hab ich meine Meinung gesagt.« Es kümmerte sie dann nicht mehr. »Hat er dich geküsst?« »Ja, er wollte, aber ich habe nach dir Ausschau gehalten.«

Es war schon vier Uhr in der Früh, als es nach Hause ging. »Ich möchte dich gerne wiedersehen.« Sie ihn auch. So verabredeten sie sich auf ein anderes Wochenende. Sie waren alleine, ohne Freundin und ohne Cousin. So wie es kommen musste, kam es. Sie stellte ihn auch ihren Eltern vor. Sein Freund, er studierte noch zum Landbauingenieur, ihr »Schah« war schon fertig als Frauenarzt. So zogen sie an den Sonntagen durch Münster. Ihr Freund, mit Freund, der ihre Freundin begleiten sollte, und sie. Er hatte sich einen gelben »Karmann-Ghia« gekauft, auf ihren Rat hin. Ganz überrascht hat er sie damit. Er musste wohl aus reichem Hause kommen, weil er öfters zur Schweiz fuhr. Er nannte es Geldgeschäfte regeln. Neugierig war sie nicht. Aber so wie es dann kommen sollte, hat er sie einmal stark beleidigt, worum es ging, weiß sie heute nicht mehr. Sein Freund hörte es auch. Er begleitete sie des Öfteren. Schwer enttäuscht rannte sie aus dem Zimmer und wollte nach Hause. Schon draußen, es regnete, fiel ihr ein, dass der Schirm noch oben ist. Sie rauf, Tür auf, Schirm aus der Ecke gerissen, sie hörte noch, als er seinem Freund zurief:»Halt sie zurück, halt sie zurück.« Aber sie war schnell. Selber bequemte er sich nicht. Schon war sie weg, zum Busbahnhof und ab nach Hause. Unterwegs wurde geheult und geschnoddert. Vorbei, alles vorbei. Ein ganzes Jahr hat sie hinter ihm hergetrauert. Ihre Mutter und Schwester hörte sie sagen: »Gott sei Dank, es ist zu Ende.« Als sie dann Jahre später so zurück dachte, glaubte sie es auch, sie hatten recht gehabt. Denn ihr fielen, wenn sie so zurückdachte, eigenartige Sachen ein, die ihr echt spanisch vorkamen. Es war bestimmt schon über ein Jahr vergangen, da rief er, ihr »Schah«, wieder an.

»Wie geht's?« usw. usf. »Ich fange eine neue Stelle in Bochum an, kannst du mich begleiten, ich habe einen Vorstellungstermin.« Bei seiner ersten Stelle war sie auch mitgefahren. Die Anstellung kam dann auch zustande. Sie verneinte: »Nein, ich möchte nicht mehr.« Sie hatte ein ungutes Gefühl. Ihr fiel es schon im ersten Jahr, als sie mit ihm ging, auf, irgendetwas ist faul im »Staate Dänemark«. Alles ist aus, nach so langer Zeit, noch mal alles wieder von vorne. Nein, auch wenn sie innerlich wollte, ihr Verstand sagte aber was anderes. Es wurde noch ein bisschen hin und her geredet, aber nein, Schluss aus. –

Sie hatte einen intensiven Traum gehabt, den sie so miterlebte, dass er bis heute noch tief in ihr steckt und sie ihn nie vergessen kann. Sie sah ein großes weites Feld, mittendurch zog sich ein riesengroßer, tiefer, breiter Abgrund. Im Halbdunkeln stand sie davor, hinter dem Abgrund stand er, der »Schah«. Sie rief und rief und schrie, er stand nur da und schaute und sagte nichts. Langsam stieg etwas Nebel auf, die Sicht wurde schlechter. Noch einmal sah sie ihn kurz, dann verschwamm alles in weitem Nebel. Sie sackte zusammen. Alles vorbei. Sie kannten sich ein paar Wochen, da hatte sie den Traum und sie erzählte es ihm. Sein Gesichtsausdruck sagte ihr, etwas schwante ihm. Eines Tages, ein paar Jahre später, sie war schon lange verheiratet und hatte ihre Tochter. Ein unruhiges Gefühl überkam sie den ganzen Morgen schon. Sie musste mal wieder aus dem Alltagstrott heraus. Puten füttern, Pferde füttern, Ställe machen. Garten und Haus in Ordnung halten. Immer der gleiche Trott. Etwas anderes muss sie mal sehen, als immer nur Arbeit. Sie hatte zwar nichts zu tun in Münster oder zu besorgen, eigentlich auch gar keine Lust. Aber ein innerer Drang trieb sie. Also setzte sie sich ins Auto und fuhr nach Münster. Vor einer schon gelb gewordenen Ampel überholte sie ein hellblaues Cabriolet, Marke »sehr teuer«, und stellte sich genau vor sie hin. Sie schaute, wer kauft sich denn ein hellblaues Auto? Und dann noch ein Mann? Die Autonummer kannte sie doch. Sie sah, er beobachtete sie im Seitenspiegel. Dann erkannte sie auch sein Gesicht. Ach, du Schreck, schnell wegschauen und so tun, als ob ihr was nach unten gefallen ist. Sekunden wurden zur Ewigkeit, sie sah, er grinste, sie tat auf blöd und schaute zur Ampel. Es wurde endlich grün. Er trat aufs Gas, so dass die Reifen quietschten und weg war er. Ihr ging ein Licht auf, sie fiel aus allen Wolken. Hatte sie doch immer schon etwas geahnt. Aber irgendwie musste er wohl immer wissen, was sie so machte und wo sie war. Vielleicht hat er sie in der Zeitung gesehen, sie stand schon des Öfteren mit Bild dort, wenn sie auf einem Turnier gut abgeschnitten hatte. Als sie nach der Trennung woanders wohnte, immer diese Anrufe. Jetzt lebt sie woanders und hofft, es ist nun endgültig vorbei. –

Ein paar Freunde hatte sie dann in den Jahren vor ihrer Heirat schon noch. Mit 35 hat sie ja erst geheiratet, mit 39 ihre Tochter bekommen. Im Glauben, dass es wieder die große Liebe sein sollte, wurde sie immer eines »Besseren« belehrt. Der eine zu jung, der andere zu gut aussehend, wo sich dann herausstellte, er trank zum Kaffee gerne einen Cognac oder zwei. Sie wurde dann von ihrer Bekannten gewarnt. »Pass auf, der trinkt zu viel.« Er aber auch mehr glaubte eine Freundin zu finden mit einer guten Mitgift. Sie gab auf. Heiraten wollte sie doch nicht mehr. »Bringt alles nur Ärger.« Sie war ja auch noch im elterlichen Haus. Ein Trinker reicht ihr. Alles Quatsch, sie will den ganzen Kram nicht mehr mitmachen. Sie hatte ja ihr Pferd, ihre Stute, wo sie mitzüchten und auf Turnieren reiten wollte. Das war die Erfüllung. Aber der Ärger sollte noch nicht zu Ende sein. Bekommt sie denn nie Ruhe und konnten die anderen sie nicht einfach in Ruhe lassen. Nein, diesmal gab es ja was zu holen. Ihr Halbbruder hatte ja herumposaunt, eine gute Mitgift hat sie bekommen – und erst mal ihr Pferd, alle wollten gerne ihre Stute haben oder reiten. Sollen sie doch dahin gehen, die mehr Geld haben, so viel hat sie ja auch nicht. So sagte sie es auch ihrem neuen Freund, den sie auf einem Turnier kennengelernt hatte und der nicht lockerließ. Ich will nicht mehr. Der sich auch für ihr Pferd interessierte, es selber gerne reiten wollte. Er unternahm alles Mögliche, um ihr das Pferd abspenstig zu machen. »Verkauf es doch, dann haben wir mehr.« Schon wieder überhörte sie diese Vorwarnung. Ich verkaufe doch meine Seele nicht.

Ab da stocherte er ihren Vater und ihren Bruder auf. Sie

war ja inzwischen 30 Jahre alt geworden. Was will die denn noch reiten, ist ja viel zu alt und was das alles kostet. Sie hatte sich neue Reitstiefel gekauft, darauf die Antwort: »Was willst du denn noch mit den neuen Reitstiefeln, wenn wir bald heiraten wollen.« »Was hat das eine denn mit dem anderen zu tun«, meinte sie. »Eine Frau mit meinem Namen reitet nicht.« Darauf sie: »Eine Frau mit meinem Namen doch.« Ihr Großopa war auch noch mit 70 Jahren geritten, meinte sie, und das wolle sie auch. Aber es kam alles anders, als sie es sich gedacht hatte. Missgunst und Neid hielten ihn nicht davon ab, ihr immer wieder ein Bein zu stellen. Ein paarmal wollte sie Schluss machen mit ihm. Er zog sich aber immer gekonnt aus der Affäre. Sie war einfach zu blauäugig Männern gegenüber.

– – –

Ein paar Jahre vorher, sie war gerade 17 Jahre.
    Ein Traum fällt ihr dazu ein. Sie lernte einen jungen Mann, drei Jahre älter etwa, aus dem Nachbarort kennen, der Jura studierte. Er gefiel ihr gut, es entwickelte sich eine kleine Freundschaft. Aber bald verliebte sie sich in ihn. Er lud sie ein zum Turnerfest. Sie saßen zusammen. »Er«, seine Freunde und sie an einem Tisch. Einmal tanzte er mit ihr. Aber des Öfteren tanzte er mit einer anderen. Sie war so schrecklich blauäugig und meinte nur, als er wieder zum Tisch kam: »Na ja, ich bin nun mal keine Kämpfernatur.« Er studierte in Hamburg. An den Wochenenden trafen sie sich schon mal. Aber sie war so schüchtern, jedes Mal das Gleiche, wenn es darauf ankommt, ist sie zu schüchtern, bekommt den Mund nicht auf und fängt schon bald an zu stottern. Dann meldete er sich nicht mehr so oft, nur noch einmal, wo er meinte, seinen goldenen Manschettenknopf bei ihr verloren zu haben, sie aber nichts gefunden hatte

und auch glaubte, er hat ihn gar nicht angehabt. Er es aber meinte. Wenig später rief er an:»Ich muss mich entschuldigen, dich verdächtigt zu haben, habe dir Unrecht getan, es tut mir leid.« Schon legte er auf, sie hatte keine Zeit mehr sich zu äußern. Des Nachts wurde sie von dem Traum wach. Sie sah ihn auf sich zukommen, auf dem einen Auge hatte er eine schwarze Augenklappe. Ganz erschrocken wurde sie wach, denn das Telefon schellte. Sie hatte ihr Zimmer ganz oben im ersten Stock, mindestens 16 bis 17 Stufen hinunter. Sie flog nur so hinunter, denn sie wusste, es war er. Es war zwei Uhr nachts und sie nahm das Telefon ab.»Ich bin`s.« »So schnell kannst du am Telefon sein?« Sie hatte keine Zeit, es zu erklären. War von dem Traum noch ganz benommen. »Ich möchte mit dir Schluss machen.« Stille und er legte auf. Das wars ...

Später sah sie ihn noch des Öfteren mit der Sportkameradin vom Turnerfest. Ein paar Jahre später haben sie auch geheiratet und zwei Töchter bekommen. Ein kleiner Schlawiner war er schon gewesen. Sie hörte dann von einem Reiterfreund.»Er« hat seine Frau in der Hochzeitsnacht alleine im Hotel gelassen. Später soll sie ihn aber richtig an die Kandare genommen haben. Er hatte eine gute Erziehung bekommen und sie leben heute noch (glücklich?) zusammen. Dann sah sie ihn doch noch einmal. Sie fuhr vom Bauernhof zu ihrem Elternhaus und besuchte ihren Halbbruder, der schon sehr erkrankt war. Unterwegs überholte ein Wagen und setzte sich eine ganze Zeit vor ihr Auto. Beim Vorbeifahren hatte sie es aber noch so eben mitbekommen. Das war ja ...

So schnell konnte sie nicht winken. Seine Frau saß neben ihm. Er schaute immer in den Spiegel. Dann schaute sich seine Frau um, und schon brauste er davon. Komisch, dachte sie nur, wie kann man nur so sein. Sie kannte doch beide, kein Gruß, kein Wort, so ist es nun mal eben. Sie war wieder mal enttäuscht. –

Jahre später, sie war schon lange geschieden, wollte ihre Freundin sie immer mal wieder verkuppeln. Mal ein Ableger von ihr, mal ein Witwer, den sie kannte, oder alter Bekannter. Ihre Freundin hatte aber keine Erfolge bei ihr. »Was willst du eigentlich?«, meinte die Freundin. »Gar nichts mehr«, gab sie zur Antwort. Wenn, begutachte ich selber. Sie muss ihn gut riechen können, er muss charmant sein und sportlich. Aber Schluss, aus, sie will gar nichts mehr. Selbst ihre Schwester musste jedes Mal, wenn sie sie besuchte, jemanden vorstellen. Hat das denn nie ein Ende. Den ganze Schlamassel noch mal erleben, sie will doch jetzt keinen Stress mehr, das tue ich mir nicht mehr an. Sie ist auch so gut zufrieden.

## »Vom Regen in die Traufe«

Das war schon der Anfang vom Ende. Sie muss zugeben, die Frühzeichen nicht sehen und hören zu wollen, abgetan zu haben. Vielleicht ein wenig Torschlusspanik. Warum? Vielleicht aus innerer Erkenntnis. Was kaum angefangen, schon wieder zu Ende ist. An Liebe zu glauben, die gar keine Liebe war?! Er hatte ihr zu Anfang einen Brief geschrieben, worin er seine Liebe zu ihr darlegte und meinte, wenn sie einmal nicht mehr an seine Liebe glauben sollte, oder zweifelt, er sich nicht richtig verhält, wie er es damals ausdrückte, sollte sie seinen Brief noch mal lesen und ihm verzeihen. Seine große Liebe hatte ein paar Monate vorher aufgehört. Sie kam aus gutem Hause. Sehr reichem Hause, hatte sich in einen vier Jahre jüngeren Mann, auch aus sehr reichem Hause, verliebt, dann mit ihm »Schluss« gemacht. Freunde von ihm erzählten ihr dann später einmal, er hätte wochenlang geheult und hätte das »Saufen« angefangen. Aus verletztem Stolz, oder wie auch immer. Er hatte sich sehr große Mühe gegeben, ihr Pferd bis zur höchsten Klasse »S« auszubilden. Auf Turnieren »sahnte« sie dann ab, was seine Mühe gekostet hatte. Nur ein, zwei Mal durfte er das Pferd dann selber auch mal in einer Prüfung vorzeigen. Es wussten ja sowieso alle, er war es, der das Pferd ausgebildet hatte. Was tut man nicht alles für die Liebe. Nur, er konnte nicht loslassen. Sie nützte es auch immer wieder aus, brauchte nur leise zu flöten und er eilte zu ihr. Auf kleinen Festen suchte er immer ihre Nähe, oft ließ er sie alleine dastehen. Das konnte sie noch nicht so richtig einordnen, weil er immer wieder behauptete, ich habe nichts mehr mit ihr. Nur es schmerzte irgendwie, auch fand sie es nicht ganz in Ordnung, so wie er sich verhielt. Dann las sie seinen Brief noch einmal und hat ihn zerrissen. Der kann mir viel erzählen, wegen meiner, seiner Großmutter. Sie war wütend. Als sie ihn zur Rede stellte, es hat keinen Zweck mit uns. Das ist keine ehrliche Partnerschaft, wenn der eine immer noch hinter der Verflossenen herläuft und nachweint. Dann ließ er sie alleine, haute einfach ab, weil er genau wusste, sie meint es ernst, und das meinte sie auch. Denn man hatte ihm seine kleine Wohnung in der Reithalle gekündigt und er suchte eine Unterkunft. Nach seinem Zuhause, wo die Eltern noch wohnten, er wollte ja mal den Hof erben, mochte er nicht hin. Er war schlau, dort hätte er nach Feierabend noch helfen müssen. Seine Eltern waren alt und konnten nicht mehr. Sie ließ sich erweichen, verzieh noch einmal und fragte ihren Bruder. Es gab auf dem Hof genug Räumlichkeiten. Er zog mit einem kleinen Koffer zu ihr, ihrem Vater und den zwei Brüdern. Dort konnte er dann nebenbei, Reitstunden gab er ja auch noch, für seine kaufmännische Abschlussprüfung büffeln, die er ein halbes Jahr später auch sehr gut bestand. Immer zog es ihn zu seinen alten Freunden und Bekannten, wo er ein paar Jahre Reitlehrer war. Einige Feste und Partys wurden besucht, dort traf er auch oft seine Verflossene. Es zog ihn immer wieder zu ihr hin. Sie kam sich dabei so überflüssig vor, oft stand sie dann alleine da. Sie kannte ja seine Freunde nicht so gut. Bis einmal einer auf sie zutrat und meinte: »Sie sollten es wissen, er ist sehr schwierig, passen Sie auf.« Sie hat es nicht hinterfragt. Zwei Jahre später, sie waren gerade verheiratet, er nahm sich immer viel raus beim Reitunterricht, er erzählte es am liebsten jeden Tag, auch im Beisein anderer, während der Reitstunden. Er machte sie immer nieder, sagte ihr jeden Tag, wie schlecht sie reitet und sie würde es nie lernen. Da meinte eine Frau zu ihr, deren Tochter auch bei ihm Reitstunden nahm: »Sie haben es auch nicht leicht mit ihm. Wehren Sie sich mehr.« Eine Bekannte von ihr hätte auch so einen Mann gehabt, die wäre daran kaputt gegangen. Sie dachte nur, was soll ich denn machen, gerade verheiratet und schon wieder abhauen? Dann kam noch seine Schwester dazu, die ihr auch sagte: »Weißt du auch, wen du da geheiratet hast?« Wieder einmal stand sie da und wusste nicht, was sie sagen sollte, denn inzwischen wusste sie einiges, durch verschiedene Erlebnisse. Er war immer sehr schnell wütend und rastete aus. Lautes Schreien kann man ja noch ertragen, aber die ganzen Schikanen, die sie sich hat gefallen lassen müssen. Er konnte nicht haben, dass sie ritt. Sie hatte ihre Stute mitgenommen in die Ehe und ein Fohlen aus ihr. Sie hing sehr an ihrem Pferd, es konnte gut springen und sie kam gut mit ihm zurecht. Auf Turnieren hatte sie gute Erfolge mit ihr erzielt. Schon in ihrem elterlichen Zuhause interessierten sich viele für ihre Stute, die sie wohl gerne kaufen wollten. Sie wollte sich aber nicht von ihrem Pferd trennen, weil sie ja auch noch Fohlen aus ihr züchten wollte. Sie fand, es ist überhaupt eine Unverschämtheit, ihr vorzuschreiben, was sie diesbezüglich tun soll. Es war ein Dorn in seinem Auge, wenn er sah, dass alles gut lief und sie gut zurechtkam mit dem Pferd. Helfen tat er nicht, weil er ja nicht wollte, dass sie Erfolge hatte. Als sie ihm mal sagte: »Dann gehe ich eben woanders hin«, gab er ihr dann mal ein bisschen Unterstützung. Als das erste Fohlen so weit war, stellte sie es in einer A-Dressur vor, leider hatte sie in der Prüfung vergessen, die Bandagen abzunehmen, wurde abgemahnt, sie hätten gewonnen, wenn ... Beim nächsten Turnier, die junge Stute hatte immer einen guten Vorwärtsdrang, nur auf diesem Turnier schlief sie fast ein, kein Mumm, gestern war das doch noch nicht, was war nur mit ihr?

   Denkt man immer sofort an so viel Schlechtigkeit. Später wusste sie es dann. Bei einem anderen Pferd von ihr, später, das gut lief und auf einmal am nächsten Turnier die gleichen Symptome zeigte. Nur als Wallach machte sich das Ganze anders bemerkbar und plötzlich war es ihr ganz deutlich klar. Er stand ganz breitbeinig, den Schlauch (das Geschlechtsteil) ganz weit raus, den Kopf nach unten und in der Prüfung so triebig, er ging nicht vorwärts. Ja, sie hatte noch gedacht, wer war da heute Morgen so früh im Stall? Sie hatte es doch gehört, die Tür ging auf. Sie hat nicht sofort an ihn gedacht. Später wusste sie es dann, weil er es bei seinen Ausbildungspferden auch genutzt hatte, die noch roh oder zu draufgängerisch waren. Er gab ihnen Schlafpulver ins Fressen. So hatte er dann Gewissheit, mit dem Pferd holt sie keine Schleife auf dem Turnier. So ging das denn weiter, die ganze Ehe hindurch. Sie züchtete noch mehr Fohlen aus ihrer Stute. Zog sie auf, ritt sie ein und stellte sie auf Turnieren vor, oder wurden schon vorher verkauft, sobald er sah, die laufen gut. Dann hatte er schon wieder einen Käufer parat. Es war ihr Geld, sie hatte sich die Arbeit gemacht. Er meinte dann immer: »Ich brauche das Geld.« Von einem Pferd zahlte sie dann das Geld in die Rentenkasse ein. Selber hatte sie ja kein Geld mehr. Die Auszahlung von zu Hause gab sie für die Aussteuer aus, Möbel, Zaun ums Haus, sonstige Sachen, bis sie selber nichts mehr hatte. Ihren Bausparvertrag, den sie vor der Heirat noch zusammengespart hatte, investierte sie für den Holzstall ihrer Pferde. Später, als sie zum elterlichen Hof zogen, den er erbte, verkaufte er den Holzstall an den Besitzer der Reithalle, das Geld davon steckte er in seine Tasche. Gut, dachte sie, auf dem Hof steht ein alter Sauenstall. Dann kommen eben da die Pferde unter. Er hatte dann zu Hause die alte Tenne hergerichtet und sehr schöne Pferdeställe daraus gemacht. Dort standen dann seine Ausbildungspferde. Auch schon mal ein oder zwei junge Pferde aus ihrer Stute. Leider hatte er sehr harte Methoden, seine Pferde, die er zur Ausbildung hatte, gefügig zu machen. Er bekam auch immer die schwierigsten Pferde, oder die von anderen Reitern verdorben oder falsch geritten waren. Er war dafür bekannt, wenn nichts mehr geht, ist er die einzige Möglichkeit, er bekam sie auch meistens wieder zum Laufen. Reiten konnte er schon, sie dachte nur, es geht auch anders. Er machte sie »mürbe«, in Reitersprache gefügig, mit sehr harter Hand. Ein gutes Pferd hatte sogar den Kiefer gebrochen. Oft hat sie gedacht, wenn ihre Tochter nicht wäre, wäre sie schon lang weg gewesen, und er sein Brot nicht damit verdienen müsste, hätte sie ihn angezeigt wegen Tierquälerei. Auch hätten ihm keine Leute mehr Pferde anvertraut, geschweige zur Ausbildung gegeben. Oft meinte er: »Du musst den Pferden Augensalbe eingeben.« Er ritt sie so hart, sie flüchteten von seinen Schlägen. Er nahm einen dicken Knüppel und haute dem Pferd über den Kopf damit, traf oft das Auge, so dass es dick anlief und er Glück hatte, es war noch einmal dringeblieben. Er longierte die Pferde so stark in der Reitbahn, so dass sie auch schon mal mit dem ausgebundenen Kopf über den Zaun sprangen. Ein Pferd hatte sich wohl einmal einen Wirbel im Genick dabei ausgerenkt. Ein Schreien, Pferde wiehern, sie können nicht schreien; aber dieses Pferd schrie ... erbärmlich. Ein Pferd von ihr, eine zweijährige Stute, wurde von einem anderen Pferd an der Hüfte geschlagen, lahm ging, die Hüfte angebrochen war, sich nicht gerne hinlegte oder aufstand. Sie war zum Einkaufen gefahren, danach sah sie es auch deutlich, er musste sie wohl aufgescheucht haben, wie? Wenn jemand in den Stall schaute, hatte es sehr große Angst. Das gleiche Problem sah sie auch an ihrem Pferd, sie hatte es der Tochter verkauft, nach der Trennung brauchte sie Geld. Wenn man es nur ansah, war es ängstlich und erschrak und wich zurück. So ließ er seine Wut immer an den Schwächeren aus. Nicht nur die Pferde, auch für die Hunde, seine Dackel, die er für die Fuchsjagd brauchte, gab es kein Pardon. Aber nur bei denen, die er nicht leiden konnte. Der Kleine, »Schmali« hieß er, hatte fuchsige Haare, wollte nicht parieren, er nahm ihn hoch auf den Arm und schmiss ihn mit

Wucht auf den harten Boden aus Beton. Selbst die kleinen ungewollten Inzuchtdackel, alle mit gelblichem Fell, die wohl für die Jagd nicht taugten, schmiss er sie, wie er sie gesehen hat, einfach ins hohe Maisfeld, lebendig.

— — —

Als die Tochter vier Jahre alt war, musste natürlich ein Pony her. Ein sehr gutes Pony, dann sparte er nicht. Nur das Pony war noch zu groß und die Tochter noch auf keinem Pony gesessen. Es wurde an die Longe gebunden, Sattel drauf, Tochter drauf. Dann ging es los. Mit kleinen Kindern als Anfängern hatte er keine Erfahrung, geschweige Einsehen, es erst einmal langsam angehen zu müssen. Also fiel sie gleich nach einer Runde runter, Gott sei Dank in den weichen Sand, sie hatte sich nichts getan. Aber die Angst war groß. Nun musste das arme Pony auch noch darunter leiden. Es wurde mit der langen Longenpeitsche begangen. Seine Wut war groß. Ihre Schwester war gerade auf Besuch und bekam das ganze Debakel mit, musste alles mit ansehen. Selber war sie im Haus und hörte es. Ihre Schwester war ganz geschockt. Sie selber hat dann nur einen Satz gesagt: »Das Pony kommt wieder zurück.« Später bekam die Tochter von ihrer Schwester, die vier Kinder hatte, ein altes 25-jähriges Shetlandpony. Das durfte sie dann für ihre Tochter abholen. »Hansi« hieß es. Dann lernte sie ohne Sattel, nur mit Trense, ohne Angst tief zu fallen, er war keine 80 cm groß. Die Gleichgewichtsübungen, die sie auf dem Pony lernte, konnte sie dann später auf den großen Ponys gut gebrauchen. Hansi lief erst immer so auf dem Hof herum, stellte sich am Zaun der Weide zu den anderen Pferden, machte Männchen, stieg dabei auf die Hinterbeine und fletschte die Zähne, brauchte ja keine Angst haben, die Weidepforte war ja dazwischen. Nur sie hatte an einer Stelle des Hofes, im späteren Hühnergatter, kleine Obstbäume gepflanzt. Dort lief er dann breitbeinig drüber, um sich unterm Bauch zu scheuern. Das ging natürlich nicht. So kam er auf eine Weide nebenan. Jeden Tag, wenn die Tochter im ersten Schuljahr von der Schule nach Hause kam, wurde Hansi geputzt und geritten. Auf dem Sandplatz oder mit der Mutter, wenn sie ausritt, durchs Gelände. Wenn die Tochter mitkam, durfte sie selber nur Schritt reiten, sonst kam ja das Pony nicht mit. Ihr Wallach ging Schritt und das Pony Galopp. Das Pony konnte natürlich im Wald unter die kleinen Bäume und Sträucher, mit dem großen Pferd war das ein Problem. Einmal gingen dort Spaziergänger, sie meinten: »Was reitest du denn da für einen Bernhardiner?« Ja, ihre Tochter wurde noch sehr gut. Später bekam sie dann ein anderes gut ausgebildetes Pony, wo sie viel von lernte und profitierte. Auf den Turnieren gute Erfolge erzielte und absahnte. Dann wurde ein neues junges Pony gekauft, was ihre Tochter selber ausbildete, jetzt konnte sie aber schon gut reiten. Sie brachte es weit damit. Es war ein guter Springer. Deutsche Meisterschaften und größere Turniere, Bundeschampionat und dergleichen. Bald war sie den Ponys entwachsen, es musste ein großes Pferd her. Selbst gezogen von einem Hengst, der leider keine guten Beine hatte und es vererbte. Sie selbst war nicht damit einverstanden, den Hengst zu nehmen, es gab ja so viele andere gute Hengste. Sie ritt ihn bis Klasse S (schwere Prüfungen). Der Vater hatte es ausgebildet, was ihr dann zugute kam. Selber ritt sie ihn ja auch. Er lief und lief, gewann und platzierte sich in vielen Prüfungen nach vorne. Nur leider spielten dann die Beine nicht mehr mit. Einmal soweit ausgebildet, konnte er nicht aufhören und das Pferd schonen. Die Überbeine wurden immer dicker und schlimmer und schmerzten das Pferd. Was sie aber nicht einsehen wollten. Es verkrampfte sich und zeigte nicht mehr die Leistung, die in ihm steckte. Der Ehrgeiz des Vaters hat ihr dann alles kaputtgemacht (zerstört). Sie wollten es einfach nicht glauben und einsehen. Oft hat sie gesagt: »Das Pferd hat Schmerzen, es kann nicht mehr.« Es wurde immer übergangen, sie konnte ja sagen, was sie wollte. Er stellte sich stur, er ist faul, er will nicht, er hat keine Lust mehr. Alles Mögliche wurde an den Haaren herbeigezogen. Sie hatte keinen Einfluss darauf. Wollten es selber nicht mehr wahrhaben, die ganze Arbeit hinüber, alles vorbei. »Du, du weißt doch gar nichts«, hieß es dann. Es war schon alles schlimm. Es war vorbei, er wurde abgegeben. »Der Mohr hat seine Schuldigkeit getan, der Mohr kann gehn.« –

Auch sonst ließ er sich einiges einfallen, es fiel ihm nicht schwer. Sobald er irgendetwas hörte, wusste er, da kann ich ihr auch mit schaden. Ein in der Nachbarschaft lebender Bauer hatte seine Schweinegülle auf die Pferdeweide gefahren. Schickte aber seine Pferde zu schnell nach draußen zum Weiden, im Stall bekamen sie nicht das meiste und so hatten sie Hunger. Sie grasten, sie hatten ja noch nichts gehabt, mit langen Zähnen. Pferde sind sehr empfindlich und fressen nicht alles. Die Not tat es ihnen an. Am anderen Tag starben sie, gingen ein an Kolik. Das musste ihr Mann wohl gehört haben. Also fuhr er auch so richtig dicke, alte Gülle aus dem alten Schweinestall, die Gülle lagerte schon ein paar Jahre unterm Schweinestall und dümpelte so vor sich hin, auf die Pferdeweide. Sie ahnte noch nicht so richtig, was er vorhatte. Die Pferde müssen auf die Weide. Sie meinte nur, man kann doch die Pferde nicht jetzt auf die Weide lassen. Doch, die Pferde müssen auf die Weide, und wenn er einmal was sagte, wagte sie auch nicht zu widersprechen. Denn schnell wurde er wütend. Sie ließ die Pferde auf die Weide, beobachtete sie, Gott sei Dank, sie fraßen nicht. Ihre Pferde bekamen ja auch täglich noch Heu und Hafer. Dann brachte sie die Pferde schnell wieder in den Stall. Am anderen Tag sagte er: »Sie haben auf der Weide nicht gefressen, nicht?« Ein paar Tage später hörte sie es von Reitern, der Bauer hat seine Pferde auf einer frisch mit Gülle gespritzten Weide grasen lassen. Dann wusste sie es bestimmt, er wollte ihr wieder schaden.

»So wahr mir Gott helfe.«

## Freunde kann man sich nicht immer aussuchen

Ein kleines Mädchen aus dem Ort kam jeden Tag, wenn die Schule zu Ende war, und besuchte sie auf dem elterlichen Hof. Sie rannte beim Rasenmähen jede Runde mit und es war viel Rasen da. Denn sie wusste, wenn der Rasen gemäht ist und die Arbeit fertig war, ging sie zu ihrem Pferd. Es war ein junges Pferd und sie durfte sie nicht da draufsetzen. Gefragt hat sie aber nie. Einmal beim Rasenmähen, sie lief wieder mit, Runde um Runde, bekam sie einen Schluckauf und der hörte und hörte nicht auf, es ging ihr schon auf den Wecker, wenn sie immer mit rumrannte und dann noch dieser Schluckauf. Sie hatte sowieso keinen guten Tag gehabt und sagte etwas barsch: »Hör doch endlich auf, ich kann es nicht mehr hören.« Sie war beleidigt, die Kleine, und kam ein paar Monate nicht mehr. Dann eines Tages war das Mädchen doch wieder da, schaute zu, wenn sie ihr Pferd putzte und sattelte zum Reiten und Ausritt. Inzwischen hatte sie ihren Freund, der Reitlehrer war. Er gab ihr einige Tipps und so lernte sie schnell, sie war sehr ehrgeizig, wollte ja Springen reiten. Es machte ihr besonders Vergnügen. Beim ersten Turnier, sie kannte ihren Freund noch nicht, was auf dem Hof ihres Bruders stattfand, meldete sich ein A-Springer, kannte sich aber noch nicht so richtig aus, sie hätte das A-Springen gewonnen, wenn sie durchs Ziel geritten wäre. Tja, aus der Traum. Später dann, als ihr Freund half und sagte, so musst du das machen, gewann sie dann im eigenen Ort ihr erstes A-Springen. Ihre Stute war gut, sie war super zu der Zeit. Alle wollten gerne ihr Pferd abkaufen. Vor allem ihr Freund, er meinte dann, dann haben wir mehr. Sie wird nie ihr Pferd abgeben. Es war inzwischen ihr Lebensinhalt geworden. Zu

Hause hat sie aus ihrer Stute ein Fohlen gezogen. Später wurden dann noch mehr Fohlen geboren. –

Jetzt zu dem kleinen Mädchen, die ihr Pferd auch gerne reiten wollte. Sie gibt ihre Stute aber nicht mehr ab, einmal und nie wieder. Als sie das Pferd zurückbrachten, hatte es ein dickes Bein. Sie schwor sich, so was passiert nicht noch einmal. Das Mädchen war neidisch und missgünstig und wollte auch gerne bei ihrem Freund Reitstunden haben. Er hatte dann später, als sie schon lange verheiratet waren, ein Pferd vermittelt. War inzwischen an dem Reitstall, wo sie beide ein Haus hatten und wohnten. Inzwischen wurden viele Turniere besucht. Ihr Mann gönnte es ihr nicht recht und so versuchte er, es immer zu boykottieren. »Ich leihe mein Pferd nicht aus, warum sollte ich«, sie hatte zu viel gehört und gesehen, wie er mit Pferden umging. Auf einem Turnier, ganz in der Nähe, sie kam nach dem Reiten vom Toilettenwagen. Dort stand das Mädchen, sie ritt auch auf dem Turnier. »Ich muss dir was erzählen. Eben war ich auf dem Toilettenwagen und hab von nebenan, der Herrentoilette, ein lautes interessantes Gespräch mitbekommen.« Sie erzählte, wie der eine ganz lautstark über seine Freundin gelästert hat, mit den schamlosesten Worten. »Wer war das?«, fragte sie. »Nee, das sag ich nicht.« Ja dann, später erfuhr sie es, es hatte noch jemand anders gehört, ihr eigener Freund war es und hatte sie schlechtgemacht. Es wäre aus gewesen, sie hätte Schluss gemacht mit ihm. Sie konnte es nicht fassen. Aber selber strunzte er herum, mit seiner Exfreundin, in ihrem Beisein, auf einem Wagen gelegen zu haben, so lange, bis der Arm eingeschlafen war. Er erzählte es des Öfteren gerne, nur um damit anzugeben, weil diejenige ja aus einem sehr reichen Hause kam. Leider hat sie ihn nicht zur Rede gestellt, danach war ja auch schon einige Zeit vergangen. Sie war zu fassungslos und vielleicht auch zu feige. Langsam fing sie an zu zweifeln. Sie waren ja jetzt verheiratet und so schnell läuft man nicht weg. Wohin auch, kleine Tochter und ihre Pferde, wieder zum Elternhaus? Das ging alles gar nicht. Also aushalten, vielleicht bessert er sich ja. Das Mädchen war dann die ganzen Jahre im gleichen Reitstall. Später erfuhr sie mal wieder, sie hat die ganze Zeit über sie gelästert, konnte nicht vergessen, nie ihr Pferd reiten zu dürfen. Das Mädchen heiratete auch. Leider ging es auch nicht gut, wie auch immer. Heute lebt sie alleine. Kämpfen, miteinander reden, sich nicht so schnell alles kaputtmachen lassen. Versuchen, alles aufzuklären. Nur so kann man Freundschaft erhalten. Es kommt so, wie es kommt. Aber es war eine Zeit, man möchte auch an vieles nicht mehr erinnert werden. Denn wie schnell reißen alte Narben wieder auf. Sie will ihre Ruhe haben. –

Sie will ihn, ihren Exmann ja nicht nur schlechtmachen oder schlecht beschreiben. Er hatte auch seine guten Seiten, seinen eigenen Geschmack, kannte sich auch gut mit Pferden aus. Für einen Mann aus dem Reitstall suchte er ein Pferd. Sie fuhren weit herum und schauten sich etliche Pferde an. Der Händler zeigte einen großen eleganten Fuchs, mit einem sehr schönen Gesicht. Er nahm ihn am Halfter und trabte eine lange Strecke den Weg hinunter. Ihr Mann war aber nebenan in den Stall gegangen, angeblich desinteressiert. Der große Fuchs trabte mit einer Eleganz und weit ausholendem Gang, die Hufe fast bis zur Nasenspitze. Sie rief durch die Tür: »Komm schnell raus, du musst das sehen, wie er dahertrabt.« »Ach, ach«, meinte er und schüttelte die Hand, »brauch ich doch nicht sehen, kann ich doch hören.« Ab da hatte das Pferd einen neuen Besitzer.«

– – –

Ein Traum fällt ihr noch ein:
   Sie lebte noch im Elternhaus. Alpträume hatte sie immer und wieder. Auf einem schiefen Dach eines Stalles sah sie

ihre beiden Pferde stehen, die Stute mit ihrem Fohlen. Hilfe, was machen die da oben auf dem Dach? Sie hatte Not, es muss doch jemand helfen. Ihre Stute stand ganz sicher und fest, aber ihr Fohlen rutschte immer tiefer vom Dach herunter, dann wurde sie wach. Sie entschlüsselte den Traum so: Sie gab ihre Stute nie her, sie wollte sie behalten, aber ihr Mann wollte sie immer verkaufen. Das Fohlen bildete sie mit drei Jahren aus, nahm sie mit zu Turnieren und dann mit in die Ehe. Dort wurde sie dann später verkauft. Ein paar Tränen hat es ihr schon gekostet.

– – –

Ein Traum, den sie auch nicht vergisst:
1943, sie war gerade erst sechs Jahre alt. Das Träumen fing schon sehr früh bei ihr an. Sie träumte, es fing an zu dämmern, schon fast dunkel war es. So sah sie eine große Gruppe Menschen, es waren wohl einige Familien, Erwachsene, Frauen, Männer und Kinder. Alle waren nackt, sie liefen über ein großes Feld, mit tiefen Furchen, stolperten und vielen hin, rappelten sich wieder auf und liefen weiter. Einige Männer in Uniformen trieben sie an, immer weiter und weiter, sie erlaubten kein Stehenbleiben. Daran wurde sie wach und lief die Treppe hinunter, zur Mama und Papa ins Schlafzimmer. »Mama, Mama, ich habe gerade ganz viele nackte Menschen gesehen, die über ein Feld stolperten. Die wurden von Männer mit Stöcken immer weiter getrieben. Mutter meinte nur: »Ach Wicht, geh wieder ins Bett.« Sonst gab es kein Beistand, kein Kommentar, also lief sie wieder ins Bett. Den Traum konnte sie auch nie vergessen.

– – –

Zu Hause:

Ihr jüngerer Bruder, ihre zwei Nachbarsfreundinnen, ein paar Dorfjungen und sie spielten, wie jeden Tag auf dem Hof herum. Die Mutter war mit einem Nachbarn, der ein Taxiunternehmen hatte, nach Münster gefahren. Papa auf dem Feld, keine große Aufsicht da. Es standen zwei große Haufen Stroh, wohl fünf Meter hoch, hinten auf der Weide. Sie hörte den Vater vorher noch sagen: »Da steigt niemand drauf.« Aber es kam schlimmer. Einer von den Jungen wurde von einer Wespe gestochen, sofort begaben sie sich auf Suche nach einem Wespenloch, sie hörte noch, »da ist es«. Sie stocherten darin herum. Einer musste wohl dabei gewesen sein, der Streichhölzer dabeihatte. »Wir räuchern das Nest aus«, hieß es. »Nein, das dürft ihr nicht«, aber es brannte schon. Sie versuchten mit Stöckchen das Feuer zu löschen, einer rannte ins Haus und holte einen Eimer voll Wasser. Das trockene Stroh entbrannte und loderte so schnell, es wurde immer schlimmer. Der Haufen nebenan hatte auch schon Feuer gefangen und sie wurden zur Aufgabe gezwungen. Allen wurde es zu heiß und sie suchten das Weite. Mutter erzählte, als sie wieder nach Hause fuhren, sahen sie es schon von weitem brennen. Sie glaubten erst, der ganze Hof brennt. Zwei große Strohhaufen standen in Flammen, und so war das gute Stroh, es wurde doch zum Ställestreuen gebraucht, dahin. Ein paar Wochen ließen sich die Dorfjungen nicht mehr blicken. Aber vorher gab es noch ein ordentliches Donnerwetter.

## Ihr Reitunfall

Ein Pferd wurde ihr vermittelt, von ihrem Mann, zur Ausbildung und zum Korrigieren. Denn er wusste, sie brachte die nötige Ruhe mit, das Verständnis und Können. Obwohl er ja zu ihr gesagt hatte, ein paar Jahre vorher: »Du lernst es nie«, und wollte sie so immer kleinhalten und vom Reiten abhalten. Vielleicht sah er da schon, ohne sich selbst einzugestehen, die hat Talent. Aber nein, das konnte er doch nicht über die Lippen bringen, eher hätte er sich selbst verbogen. Ein paar Jahre vorher hatte sie an der westfälischen Reit- und Fahrschule einen sechswöchigen Lehrgang mitgemacht und ihr Bronzenes Reitabzeichen in Dressur, Springen und zweispännigem Fahren erreicht. Das gehörte damals einfach dazu. Die Leitung und Ausbildung des Lehrganges hatte ein Herr Major Stecken. Er war ein Lehrmeister und Könner der deutschen Reitkunst und Ausbildung. Wenn so einer zu ihr sagte: »Sie haben großes Talent«, so heißt das schon was, und dann noch zu ihr. Sie war ein bisschen stolz und freute sich. Es war ein schwieriges Pferd, also musste sie ihre Glace-Handschuhe anziehen. Es war sehr, sehr schreckhaft. Von vornherein falsch angefasst und eingeritten, sehr ängstlich, wer weiß, was alles passiert war. Sie gab sich große Mühe, es war ja auch nebenbei lebensgefährlich. Vielleicht hat er sich da schon gedacht: Der werd ich das Reiten noch vermiesen. Ein gut aussehendes Pferd, ein Fuchs, mit einem schönen Kopf und Gesicht und guten Gängen. Nach vier Wochen kam zum ersten Mal der Besitzer mit Frau und begutachtete den Fortschritt und Werdegang. Sie ritt viel mit Stimme, um es immer wieder zu beruhigen. Er hatte schon gute Fortschritte gemacht. Als sie nach dem Reiten das Pferd trocken gerieben und die Pferdedecke aufgelegt hatte, meinte der Besitzer: »Wie haben Sie das denn fertig gebracht? Die Decke auflegen, davon wollte er noch nie was wissen.« Davon hatte sie noch gar nicht groß was gemerkt, ja gut, ein bisschen geguckt hatte er erst schon, es hatte sich aber schnell gelegt, keine großen Schwierigkeiten damit gehabt, meinte sie. »Erstaunlich«, meinte er nur: »Das Pferd entwickelt sich sehr gut. Ein Pferd mit guten Gängen.« Selbst die Reiter des Vereins meinten: »Was hast du denn da für ein tolles Pferd.« Aber es war noch nicht so einfach, immer noch sehr schreckhaft, darum ritt sie lieber alleine, um noch mehr Ruhe darein zu bekommen und für die Sicherheit. Nach zehn Wochen konnte sie schon nach dem Reiten die Zügel ganz lang abkauen lassen und so konnte er sich so richtig gut nach unten ausstrecken.

Sie ritt auch viel draußen auf dem Sandplatz, je nach Wetterlage. Ihr Mann schaute ja nur verdeckt zu, vielleicht mal heimlich durchs Fenster oder so. Er musste wohl merken, na ja, er läuft ja. So kam er dann auch mit seinem Pferd auf den Platz. Sie war schon fast fertig und ließ die Zügel aus der Hand kauen. Ihr Mann, sie behauptet es ganz fest, weil sie ihn ja kannte, kam von hinten, ritt ganz nah an ihr vorbei und gab genau in Kopfhöhe ihres Pferdes seinem Pferd einen Peitschenhieb auf das Hinterteil. Ihr Pferd erschrak sich, vielleicht hatte es mal schlechte Erfahrungen mit der Peitsche gehabt. Riss den Kopf hoch und zog mit einem Ruck ihr die Zügel aus der Hand. Es war kein Halt mehr da, und so galoppierte er zwei ganze Runden auf dem Platz in Rodeo-Manieren, sie konnte ihn nicht anhalten, denn die Zügel waren weg. Wäre sie da mal in den tiefen Sand gefallen. Er verließ den Platz, immer noch am Buckeln, dorthin, wo der Boden sehr hart war. Sie fiel runter und gerade auf ihren Rücken, konnte nicht aufstehen, das Pferd schon in weiter Ferne. Ihr Mann saß immer noch auf seinem Pferd und schaute zu. Es klappte einfach nicht, aufzustehen. Dann kam er endlich.

Sie erhob sich, aber ganz krumm. Dann in dem Moment setzten der Selbstschutz des Körpers und der Wille ein. So stand sie da und konnte sich kaum rühren. Ihr Mann fuhr sie mit dem Wagen nach Hause. Sein Kommentar: »Leg dich erst mal ins Bett, dann wird's schon wieder.« Sie ahnte und fühlte es aber besser. Sie rief beim Hausarzt an: »Ich hatte einen Reitunfall und glaube, was am Rücken gebrochen zu haben. Soll ich zu Ihnen kommen zum Röntgen oder sofort ins Unfallkrankenhaus fahren?« »Erst nach hierhin kommen.« Beim Arzt angekommen, die ganze Bude voll, kein Platz. So stand sie gekrümmt in der Tür und wartete mit Schmerzen. Er kam vorbei und sah es, er meinte nur lakonisch: »Na, wie fühlt man sich als Oma.« Sie antwortete nicht darauf. Endlich war sie dran. »Unser Röntgenapparat ist kaputt, Sie müssen doch ins Unfallkrankenhaus.« Vorher bekam sie noch eine Schmerzspritze. Dort erzählte sie es dann dem behandelnden Arzt, alles, wie es sich zugetragen hatte, auch was der andere Arzt zu ihr sagte. Es wurde geröntgt, sie hörte, das kann lange dauern. Ein Wirbel war gebrochen und deformiert. So hieß es sechs Wochen Rückenlage, Kopf hochheben beim Zähneputzen. Alle pflegenden Maßnahmen im Bett verrichten. »Sie haben großes Glück gehabt, Sie hätten genauso gut querschnittsgelähmt sein können.« Sie hörte im Nebenzimmer telefonierte ihr Arzt mit seinem Kollegen aus ihrem Ort. Er hat ihn ganz schön fertiggemacht und ihm die Meinung gesagt. Verantwortungslos. Endlich einer, der zu ihr hielt, so was hatte sie nicht oft in ihrem Leben. Ich werde für ihn beten und danken.

  So fuhr sie dann, als es wieder ging, mit den Emmausreisen nach Lourdes. Ein Jahr später musste sie schon wieder ein junges Pferd von ihm reiten. Einen Gönner hat sie nie gehabt. Dann hörte sie: »Dein Mann hat dein Pferd auf Turnieren geritten. Du warst erst gerade im Krankenhaus.« Er hatte ihr nichts davon gesagt. Er lief ja auch gut und wollte selber die Saison ihr Pferd auf den Turnieren vorstellen. Aber dann passierte es mit dem Unfall. Als sie aus dem Krankenhaus entlassen wurde, ist sie mal mitgefahren und hat zugeschaut. Er war nicht mehr so, wie er eigentlich war, »ihr Pläsier«. Er verhielt sich anders. Sie mag daran denken, was der Arme hat ausstehen müssen. Nicht mehr dran denken, es ist doch nichts mehr zu ändern. Einmal stand er ganz zitternd im Stall, verkrampft. Sie rief den Tierarzt. Er hat etwas am Herz. Danach ritt sie ihn erst ein Vierteljahr mit Schritt und ließ ihn wieder zu sich kommen. Später ritt sie auch wieder im Verein mit »ihm«, sie waren alle begeistert. Einmal während der Reitstunde auf dem Platz stand fast der ganze Reitverein da, um zu schauen, wie gut er ging. Da hatte aber ihr Mann schon für gesorgt, ein anderer, ein jüngerer soll ihr Pferd reiten, und schickte ihr einen Ausbilder des Vereins, um darum zu werben. Sie wusste es sofort, ich verleihe mein Pferd nicht, er steht zum Verkauf, da war Ruhe. Denn sie wusste ja auch nicht, wie lange hält so ein Pferd aus, mit einem Fehler am Herzen. Schweren Herzens gab sie ihr Pferd ab, an eine liebe junge Reiterin, die keine Turniere reiten wollte. Sie kam gut damit zurecht und war ganz begeistert von ihrem »Pläsier«. Denn wenn man mit ihm schmuste, ließ er einen nicht weg, er hielt regelrecht mit seinem Kopf den Reiter an der Schulter fest, man konnte sich nicht so schnell befreien. Nach zwei Jahren dann der Anruf, »Pläsier« ist in Telgte in der Tierklinik. Er ist geschlagen worden und hat sich das Bein dabei gebrochen. Die junge Dame ist dann noch von Köln mit dem Pferd und dem gebrochenen Bein zur Tierklinik gefahren. Man darf sich das nicht vorstellen. Dort kam er dann einmal zum Liegen und konnte nicht wieder aufstehen. So haben sie ihn dann eingeschläfert. Sie ist noch schnell hingefahren und hat ihm danach die Augen zugedrückt. Ein Abschied von einem geliebten Kameraden.

## Angriff auf A. Merkels Handy – »Abhörskandal« geht von Amerika aus ... vielleicht auch noch von mehreren Ländern

Da fällt ihr wieder ein. Sie wurde auch jahrelang abgehört, belauscht und nachspioniert. Was ist das doch für ein Misstrauen, eine Demütigung und dann noch vom eigenen Ehemann, vorher von ihrem Halbbruder. Sogar schon, als sie noch in ihrem Elternhaus wohnte von ihrem Bruder. Einmal fand sie so ein Kästchen beim Aufräumen. Er wusste immer alles, was man gesagt hatte. Er war nirgendwo zu sehen, aber überall präsent. Geahnt hatte sie schon was, er hat irgendwo einen Abhörspion in Küche und Wohnzimmer versteckt. Ihr Halbbruder trank jeden Nachmittag, wenn Mutter sich eine Tasse Kaffee gemacht hatte, ihren Kaffee ihr vor der Nase weg. So hatte seine Mutter, er war ja Alkoholiker und Spieler, eine Gelegenheit, ihm Entwöhnungstropfen in den Kaffee zu geben. Bei ihrer Schwester, sie war Nonne und hatte Verbindung zu Ärzten, von ihr bekam sie dann diese Tropfen. Sie wusste, gleich kommt er wieder und trinkt meinen Kaffee aus. Aber sein Instinkt, Mutter meinte es so, hielt ihn dann angeblich davon ab. Dann kam er zwar, trank den Kaffee aber nicht. Woher weiß er das? Mutter wollte doch nur helfen. Sie erzählte es auch später mal ihrem Mann. So traf sie das Gleiche, als sie verheiratet war. Schon vor der Hochzeit und nach der Hochzeit, er war immer sehr misstrauisch, wollte alles über sie erfahren. Er nahm sich alles heraus, traf sich mit seiner ehemaligen Freundin, er durfte das, sie aber nicht. So fing das Unglück an. Er war raffiniert, sie weiß nicht, wovon er es wusste, hatte vorher noch nicht davon gehört. Man kann Leute, die fest schlafen, ausfragen und derjenige antwortet auf die Fragen. Ihre Meinung: skandalös, verbrecherisch. Es kommt aber wieder in Erinnerung und sie wusste auf einmal, warum er dieses oder jenes wusste, was geschehen war. So machte er dann weiter. Sie hat ihm nie einen Anlass gegeben, misstrauisch zu sein. Wenn sie normal einkaufen ging, glaubte er es nicht. Wenn sie einmal in die Stadt fuhr, ein- bis zweimal im Monat musste sie mal die »Hütte« verlassen, was anderes sehen, nichts kaufen, nur schauen, dann schickte er einen Bekannten hinterher, um zu sehen, was sie wohl machte. Dann merkte sie, des Nachts wurde sie immer zwei Stunden später wach, wusste aber nicht, warum. Das ging so über Monate, zwei Jahre, bis sie dann auf einmal dahinterkam. Es war ein Schock, sie war total fertig, enttäuscht, glaubte erst gar nicht mal an so viel Schlechtigkeit. Er stritt alles ab, es hatte sie schon sehr stutzig gemacht. Vorher, warum fragt er: »Wie schläfst du, linke oder rechte Seite?« Einmal zog er blitzschnell die Bettdecke hoch, um zu sehen, wie sie liegt. Später wusste sie, warum. Er musste jede Nacht zur Toilette und wenn er wieder kam, trieb er seine Späße. Machte was an ihren Füßen, bis sie wach war. Oder er lag im Bett und zog in Kopfhöhe am Bettbezug, so wurde sie durch die leichten Züge immer wach. Sie hatte es mal jemandem erzählt. »Er will dich fertigmachen, sei vorsichtig!« Psychoterror. Sie war wieder wach geworden, was er nicht wusste, zupfte wieder am Oberbett herum, bis sie sagte: »Was soll das, du schnarchst«, was sie aber nicht tat. Dann wusste sie es ganz genau. Eine Welt stürzte zusammen, Vertrauen und Liebe waren dahin. Aber da funktionierte sie nur noch der Tochter wegen. »Du bist verrückt«, meinte er nur. Eines Nachts, er kam von der Toilette und hatte vor, sie wieder wach zu machen, er merkte aber, sie schlief nicht. Ihre Betten hatten sie mittlerweile auseinandergerückt. Sie konnte wieder nicht einschlafen und ging ins Wohnzimmer, um etwas zu lesen. Da lag das besagte Buch auf dem Tisch, er hatte vergessen, es zu verstecken. Sie kannte es nicht, ein seltsames Buch, ganz dunkles Leder, circa sieben bis acht Zentimeter dick. Als sie es aufblätterte, konnte sie nicht glauben, was sie dort zu lesen bekam. Es standen Sachen darin, die haben sie fast umgehauen. Regelrechte Anleitungen, wie man einen Menschen beiseiteschaffen will, um die Ecke bringen will, also töten will. Mit allen Schikanen, von Gift verabreichen, Schlafentzug, Demütigungen, Psychotricks, Madenwürmer in Flüssigkeit verabreichen. Eine Weile las sie in dem Buch und machte sich ihre Gedanken darüber. Wo hat er das her? Am anderen Morgen ließ er das Buch schnell verschwinden, sie sah es nie wieder. Sie hatte doch so ein Buch schon mal in einer Schaufensterauslage gesehen am Markt, in einem Buch und Antiquitätengeschäft. Das werd ich mir holen, um gewappnet zu sein. Im Moment habe ich kein Geld, um es zu kaufen. Als sie es sich dann holen wollte, hatte das Geschäft aufgegeben, keiner wusste, wo es geblieben war. Sie brauchte doch einen Beweis, alles dahin. Danach wurde es erst richtig schlimm. Er fing an und machte sie vor den Pferdebesitzern und Reitschülern fertig. Er verhinderte regelrecht, dass sie Erfolg hatte mit ihren Pferden. Warum schlägt das Schicksal so zu, was habe ich falsch gemacht? Liebe macht blind und blöd. Wo soll das hinführen? –

Zu Anfang: Er hatte ein junges Pferd, was sie auch im ersten Jahr ritt. Seine Methoden waren haarsträubend. Sie gab sich große Mühe, den großen »Schlacks« zu reiten. Wenn es ihm dann nicht so passte, kommandierte er los: »Marsch! Marsch!«, in einem herablassenden Ton. Es war ja auch schon das dritte Pferd, was sie ritt, erst ihre beiden und dann sein Pferd. Sie hatte die Nase voll und war total beleidigt. Packte ihre beiden Pferde und fuhr nach Hause, ohne sich zu verabschieden. Er kann ja wohnen, wo er will, aber nicht mehr bei uns, meinte sie. Alle Bekannten, die dieses mitbekommen hatten, sagten zu ihm: »Es sieht nicht gut aus.« Dann, am anderen Tag stritt er alles ab, er hätte so was nicht gesagt und hin und her. Wieder einmal hatte sie sich erweichen lassen und ihm verziehen. »Das nächste Mal kannst du zu deinen Eltern ziehen.« Wieder einmal hatte sie nachgegeben. Sie war blind. –

Während ihrer Schwangerschaft mit ihrer einzigen Tochter, es war der siebte Monat. Sie hatte bis dahin im Reitstall geholfen, mit allem was dazugehört. Es fiel ihr irgendwie schwer und sie hörte auf. Von dem letzten Geld, was sie dort verdiente, kaufte sie sich ein kleines Radio. Denn es gab nur einen Fernseher im Haus, sie hörte doch so gerne Musik. Jetzt hatte sie gerade das Geld dazu. Er kam nach Hause und sah das, fing an zu schimpfen und meinte: »Wir brauchen das Geld für den Hof, wenn ich wieder nach Hause gehe.« Damit meinte er den Hof von seinen Eltern, den er noch gar nicht hatte. Er packte sie von hinten, sie war gar nicht darauf gefasst, und warf sie zu Boden, drückte an ihre Kehle und meinte: »Wenn du so was noch einmal machst und was kaufst, ohne zu fragen.« Es war doch ihr Geld, dachte sie. Es fiel ihr wie Schuppen von den Augen. Er ist ja gefährlich, was soll sie machen, schwanger und dann zurück ins Elternhaus? Nein, das wollte sie nicht. Also aushalten. Sie brauchte Abstand und lief zu ihren Pferden. Dann kam er auch noch hinterher. Sie meinte: »Ach, lass mich.« »So, auch noch frech werden.« Ab da war alles in ihr zerbrochen. Alle Achtung, Liebe, alles war auf einmal dahin. Ab da lebte sie nur noch so dahin. Selbst die Leute aus dem Reitstall, die Pferdebesitzer und Reiter bekamen alles mit. Eine Frau meinte mal zu ihr, als sie zusammen ausritten: »Wenn man viel Sorgen und Leid hat, geht man abends früh ins Bett.« Sie wollte ihr nichts sagen, es würde ja sofort die Runde machen. Beim Reitunterricht immer diese Demütigungen. Selbst nach einem Sehnenriss unten am Fuß hat man so schnell die alte Kraft nicht wieder. Die Muskeln können nach wochenlanger Pause nicht so schnell wieder in voller Kraft sein. Meckerte er nun, er wusste es ganz gut, mit dem Bein kann sie noch nicht so richtig treiben. Aber da hatte er nun den richtigen Vorwand und ließ ihr keine Ruhe, bis ein anderer Reiter ihm sagte: »Es geht doch nicht, sie kann doch noch nicht.« Da war Ruhe. Oder eine junge Stute von ihr, die ein bisschen schwierig zu reiten war. Sie hatte ihre liebe Last, aber sie blieb geduldig: Ich schaffe es schon, und sie hat es geschafft. Dann lief sie gut und sollte ihre Stute ausleihen. »Sieh da, wie schön das Pferd geht, du kannst eben nicht reiten. Sie meinte nur: »Ich habe es ja ausgebildet.« Wie komme ich nur von hier weg, von ihm los? Es ging nicht, sie konnte es ihrer Tochter nicht antun, sie braucht doch auch einen Vater und wohin? Tochter, Pferde, Arbeit finden, zum Elternhaus? Nein, es geht nicht, warten, aushalten, Ohren steifhalten, sich dickes Fell anschaffen. Es war eine harte Zeit. Viele Fragen gingen ihr Jahre durch den Kopf. Irgendwann! –

Als sie heiraten wollten, hatte sie, so war es damals üblich, beim Pfarrer der Gemeinde Brautunterricht bestellt. Der Tag war gekommen. »Wir müssen jetzt los, der Termin steht doch fest.« »Ich gehe nicht mit, muss weg, habe keine Zeit.« Er ließ sich nicht überreden. Also marschierte sie alleine los, viel hat er nicht erzählt, der Pastor, er meinte nur: »Warum kommt er nicht mit?« Hätte er ihr lieber gesagt: »Passen Sie auf, wen sie da heiraten wollen.« Spätestens da hätten die Alarmglocken bei ihr läuten müssen. Aber sie hatte nur Gönner um sich zu Hause und ihre Geschwister. Sie hätte jetzt noch Nein sagen können ... Sie erzählte ihrem Mann einmal: »Meine Halbschwester mag mich nicht, sie hat es noch nie gut mit mir gemeint.« Selbst das war verkehrt, es ihm zu sagen. Denn ab da hatte er einen Aufhänger. Ihr Schwager war Jäger und ihr Mann auch. So fuhr er dann des Öfteren dorthin zur Jagd. Er machte sie schlecht, erzählte alles nach seinem Mund, drehte die Sachen zu seinen Gunsten herum. Sie bekam es ja wohl dann von der jüngeren Schwester zu hören, es machte ja schnell seine Runde. So und so und so und so, er hat es aber sehr überzeugend erzählt, ja das konnte er, darin war er sehr groß. –

## Ihr Glaubenskreis

Bei den Fragen nach ihrem Leben, sie denkt, dieser Glaubenskreis ist dafür da, mehr über Jesus zu erfahren, zu lernen, um den Glauben zu festigen und die Zweifel zu überwinden. Was nützt es, wenn sie alles über sie wissen, sie wollen helfen, gut. Aber in ihr werden alte Wunden aufgerissen, es dauert lange, bis die Narben verheilen. Auch Narben können ewig schmerzen. Irgendwann möchte sie auch zur Ruhe kommen. Sie hat es so weit geschafft, stellt aber fest, es sind immer wieder Leute da, die anfangen, sie auszuhorchen und in ihrem Leben herumzuprockeln. Vorher muss man ansetzen, wenn etwas passiert ist, aber dann schauen alle weg, oder sie amüsieren sich, oder rümpfen die Nase. Irgendwie musste man es ihr auch ansehen. Wenn sie schon in einen Bus stieg, sie eine völlig fremde Frau ansprach und sagte: »Sie haben viel Leid erlebt, ja, man sieht es Ihnen an.« Sie dachte nur, was muss ich für ein Gesicht aufsetzen, damit alle gleich in ihre Seele, in ihr Inneres schauen können. So war es oft, wenn sie alleine war, kam sie ins Grübeln und alte Geschichten türmten sich wieder vor ihr auf. Es ging einfach nicht aus ihrem Kopf, warum kann das nicht aufhören. Wem könnte sie sich anvertrauen, es ist niemand da. Zu einem Psychologen gehen, wer weiß, wen man da antrifft, und Geld hatte sie auch nicht, um ihn zu bezahlen. Erst ihr Bruder, ihre Mutter, die alles wusste und nicht geholfen hat, sie gewarnt oder aufgeklärt hat. Sie einfach ins Verderben laufen lassen. Dann ihre Halbschwester, sie selbst wusste durch einige Fragen, die sie mal gestellt hatte, auch Bescheid, aber keine Hilfe. Dann kam später ihr Ehemann, er war keinen Deut besser. Er hatte immer einen großen Mund, er konnte einem die Wörter im Mund herumdrehen, raffiniert bis ins

Kleinste. Trotzdem feige, ein richtiger Hasenfuß, gemein und hinterlistig. Aber den Mut aufbringen, mit ihr zu reden, zu sagen, wir haben uns beide verrannt, den hatte er nicht. Sie hatte mal gelesen: Wenn man einmal damit durchkommt, den anderen so zu verletzen und Schlimmes anzutun, ohne dass man dabei groß auffällt, ist es wie eine Sucht, die einen immer schlimmere Sachen einfallen lassen, man Gefallen daran findet, den anderen zu verletzen und zu vernichten. –

Wenn sie alles jemandem erzählen würde, würde es doch keiner glauben. Es ist auch wirklich schwer zu verstehen. Also hält sie lieber den Mund. Aber einmal ist es so weit, sie kann die Luft nicht länger anhalten, das Ventil muss geöffnet werden. Zum Reden hat sie niemanden, also schreibt sie alles auf. Vielleicht lässt der Druck dann etwas nach. –

Er kannte ihre Gewohnheiten ganz genau. Sie trank jedes Mal Mineralwasser aus dem Kühlschrank, denn nach dem Reiten hatte sie Durst. Sie war fertig und lief ins Haus, er kam ganz schnell hinterher und schaute genau zu, was sie trank. »Möchtest du auch?« »Nein, nein, ich nicht«, sie dachte schon, warum schaut er dann zu. Die Tochter war auch zufällig in der Küche, als sie Mineralwasser trank. Er sagte dann zur Tochter mit einem scharfen Ton: »Du trinkst nicht aus dieser Flasche.« »O nein«, meinte die Tochter, »mag ich sowieso nicht.« Sie ahnte wieder was, eine innere Stimme sagte ihr wieder, da stimmt was nicht. Ab da trank sie nur Wasser aus dem Kran. Ein paar Tage später meinte er: »Du trinkst kein Wasser mehr aus dem Kühlschrank?« »Nein«, die Antwort. –

Der Hass zu ihr wurde immer größer. Er machte ihr einen Strich durch alles, weil er von ihr wusste, was sie gern tat. Als vor Jahren die Tochter geboren war, wurde er ein bisschen umgänglicher. Aber nur kurze Zeit. Er mochte sie nicht mehr, oder er hat sie nie gemocht. Vor der Hochzeit war er auch des Öfteren sehr komisch. Schnauzte sie an, versuchte mit allen Raffinessen ihr Pferd wegzunehmen. Ein paar Mal, wenn er wieder sehr grob war, stellte sie ihn zur Rede und sagte ihm: »Es hat keinen Zweck zu heiraten, es geht so nicht mit uns weiter, ich ertrag das nicht mehr.« Wenn sie mal heiraten sollten, besser würde es dann auch nicht, vielleicht noch schlimmer, sie wusste es wohl. Aber dann zog er sich ganz vorsichtig zurück und ließ sich ein paar Stunden nicht sehen. Kam dann wieder, als wenn nichts passiert wäre. Warum hat sie da nicht Schluss gemacht. Ein Bekannter aus seinem früheren Verein sagte zu ihr: »Seien Sie vorsichtig, *er* ist sehr schwirig«, zu der Zeit, wo sie noch sehr verliebt war. Ja, später erfuhr sie es aus erster Hand. Kurz vor der Heirat sagte eine bekannte Frau aus dem Reitstall, als er sie mal wieder vor allen Reitern und Zuschauern fertigmachte und runterputzte: »Meine Bekannte hatte auch so einen Mann, die ist daran zerbrochen.« –

# Ein anderes Leben in »Sicht«
# Erst eine Engelsgeschichte

Sie hatte sich im Alter von 60 Jahren von ihrem Mann getrennt. Voran gingen ein paar Jahre voller Demütigungen, Beschimpfungen und Horror. Aus Liebe zu ihrer Tochter konnte sie sich nicht vorher trennen. Sie wollte erst sichergehen, dass ihre Tochter ausgelernt hat und im Beruf steht. Immer wieder bekam sie zu hören: »Nun hau doch endlich ab.« Was sollte sie mit 60 noch anfangen, nach etlichen Bewerbungsschreiben war immer wieder zu hören: »Sie sind zu alt.« Voller Verzweiflung ging sie in den Pferdestall. Dort standen drei Pferde, zwei von ihr, eins von ihrem Mann. Sie kam aus dem Heulen und Weinen nicht heraus. Bis sie zu den Pferden sagte: »Wenn ihr könntet, würdet ihr mir helfen, ich weiß es genau, auch du …«, zu dem Pferd ihres Mannes: »Aber euch hilft ja auch keiner.« Die Pferde schauten zu Boden, als wenn sie es verstehen würden. Ihr wurde es dann leichter und sie ging raus aus dem Stall. Dann hörte sie ein Rascheln und Rauschen, schaute sich um und sah an der Ecke der Hauswand eine Laubspirale, die sich wohl fünf Meter in die Höhe drehte. Es war aber eigentlich ganz windstill und ruhig draußen. Ihr wurde es leichter und eine innere Stimme, oder ihr Verstand von innen, sagte: Suche einfach weiter. Am anderen Tag schaute sie die Annoncen, wieder einmal, in der Zeitung durch. Sah dort, was sie interessierte. Rief an, legte alle ihre Daten dar, sie hatte die Stelle und konnte sofort anfangen. Dort hat sie dann noch zwei Jahre gearbeitet, ging dann in Rente. Sie ist überzeugt davon, es war was Besonderes, die Spirale, ihr Schutzengel oder mehr? Der ihr es sagte: »Suche weiter.« Es ging dann alles sehr schnell. Sie musste ihre Pferde verkaufen mit großen Verlust! Denn wo auch sollte sie ihre Pferde unterbringen, bekam gerade für ihren Unterhalt zu leben an Lohn. Es riss ihr das Herz fast aus dem Leibe. Dieser unheimliche Schmerz, ihre lieben Tiere abzugeben. Wohin, wie wird es ihnen gehen? Man sah es ihren Gesichtern an, dass auch sie litten. Sie hatte mal gelesen, dass Tiere, besonders Pferde und Hunde, wovon man es weiß, schon Monate vorher wussten, dass Trennung bevorstand. Aber sie musste da durch. Die Demütigungen und der Terror, es war nicht mehr zu ertragen. Wer weiß, was noch alles geschehen würde, wenn sie blieb. Es war gut so, endlich gehen zu können. Was war das für eine Erleichterung. Sie fühlte sich plötzlich stark, frei und konnte nach vorne schauen. Was ist mit ihrer Tochter, wie wird sie es verkraften? Es war alles so traurig. Später erfuhr sie, ihre Tochter war seelisch und psychisch sehr krank geworden. Ihr Vater war so ein Typ, wenn er was hatte, machte er Terror, er tobte und war wütend, schrie alles aus sich heraus. Gut für ihn, aber nicht für die Tochter, die dadurch nicht zur Ruhe kam und sich alles anhören musste. Bis er sagte: »Sag Mama, sie soll wieder nach Hause kommen und sag ihr, ich hätte es wohl ein bisschen zu toll getrieben.« Es war untertrieben. Er selber bequemte sich aber nicht, sie auch nur ein einziges Mal anzurufen, sie zu besuchen, alles in Ruhe zu besprechen. Oder einen Brief zu schreiben, sie möge doch wieder nach Hause kommen. Dafür hatte er ein zu schlechtes Gewissen. Denn so dumm konnte er auch nicht sein, um nicht zu erkennen, wie er seine Frau traktiert hatte. Eine große Sehnsucht nach ihrer Tochter, sie zu sehen. So besuchte sie ihre Tochter einmal die Woche, nur kurz mit ihr zu sprechen. Wenn sie dann kam, es waren ja auch immer viele Kilometer, die sie fahren musste, war dann der Freund da und es kam ihr nicht aus. So sah sie dann ihre Tochter für ein paar Minuten nur, dann konnte sie wieder abfahren. Das tat ihr schon gut, bis in einer Woche, dann wollte sie wieder hinfahren. Ihrem Mann wurde es zu viel, sie auch gerade die Scheidung eingereicht, er schrieb ihr einen Brief: Hiermit verbiete ich dir ab jetzt meinen Hof noch einmal zu betreten! Das wars dann. Ihre Tochter sah die dann nur noch ganz selten. Es tat ganz schön weh. Auf ihrer neuen Arbeitsstelle in der Küche in einem Seniorenheim verdiente sie etwas, wo sie gerade so über die Runden kam. Ihrem Mann gefiel es wohl nicht. Denn er hatte nicht damit gerechnet, dass sie wohl noch eine Arbeit bekam. Er war ja raffiniert, hatte ja den Hof, wo er sich sicher fühlte und somit nicht groß für seine Rente sorgte. Alles, was er nebenbei verdiente, nicht groß angab, somit irgendwie erreichen wollte, von ihrem wenigen Geld, was sie dort verdiente, noch was abzubekommen, laut Rechtsanwalt. Aber er war schon immer hinter dem Geld her. Nun war es ihr zu bunt, mittlerweile 62, und man sagte ihr, sie brauche gar nicht mehr zu arbeiten. Sie hörte auf, war frei, brauchte nicht mehr in die Küche des Seniorenheims. Sie bekam noch zwei Jahre Arbeitslosengeld und sie hatte ihre Ruhe. Ruhe auch von diesem rothaarigen Monster in der Küche, die sie immer mobbte und drangsalierte und wohl meinte, der Alten will ich es mal geben. Aber sie hätte dann auch noch bei Bertelsmann an der Kasse eine Stelle bekommen können. Damit hatte die Rote nicht gerechnet. Ab da wurde sie zugänglicher und nahm sich in Acht. So zog es sie in einen anderen Ort, wo sie ein paar nette Damen kannte, somit nicht ganz alleine war. Denn wo sie vorher wohnte, war auch nicht alles so, wie man es gerne hat. Ihr Badezimmerfenster dort war zum Dachboden, wovon sie glaubte, dort brauche ich ja dann keine Gardine. Bis sie eines Tages merkte, weil es dort polterte, schaute nach. Der Junior oder Senior hatte ein Brett hochgelegt, von wo aus sie in aller Ruhe das Geschehen, wenn sie sich duschte oder wusch, beobachteten. Wie oft haben sie dort wohl gestanden? Aber da kam eine blickdichte Gardine davor. Das Geld war knapp, dachte, hätte ich doch bloß ihm das Geld nicht gegeben, vom Verkauf der Pferde. So dumm wie sie war, gab sie ihm das Geld. Er konnte auch immer schön klagen. Dies und jenes muss bezahlt werden usw. und sofort. Bekam aber nie Rechnungen zu sehen. Ja, so ist das im Leben, Gutheit ist Dummheit. Heute denkt sie, ihrer Tochter gehört jetzt der Hof, so kommt es dann jetzt wenigstens ihrer Tochter zugute. Denn er musste ja, weil er seine Rente bekommen wollte, den Hof verpachten oder der Tochter übergeben.

Ein paar schöne Jahre kamen. Der Wanderverein war jetzt ihre Zuflucht. An den Wochenenden wanderten sie oder machten wunderschöne Fahrradtouren. Endlich kam sie mal raus, bekam was zu sehen, konnte sich unterhalten. Hin und wieder war auch ein kleiner Urlaub mit den Wanderfreunden dran, Tirol, Kärnten, Meran. Aber auch hier kam sie nicht ganz zur Ruhe. Wie oft wurde sie von ihrem eigenen Schreien des Nachts wach. Von Zeit zu Zeit kam alles wieder in ihr hoch von dem, was man ihr angetan hatte. Es sitzt zu tief. Alles, was man vergessen will, schreit im Schlaf und im Traum nach Hilfe. Oft hatte sie es auch im Rücken. Bei einem Vortrag, solche besuchte sie des Öfteren, erfuhr sie dann: Solche Rückenschmerzen, die immer wiederkehren, sind oft psychisch. Denn Menschen, die einem nahestehen, denen man vertraut hat und die einem dann in den Rücken gefallen sind, verursachen diese Schmerzen. Wenn sie nur an ihre Pferde dachte, die sie gezüchtet, aufgezogen, eingeritten, liebevoll versorgt hatte, abzugeben. Leider wurden es nie so gute Pferde, die auf Auktionen das große Geld brachten. Sie brachten immer noch so viel ein, dass er gerne das Geld annahm, was sie für ihre Pferde bekam. Hätte sie es sich lieber eingesteckt und noch mehr in die Rente eingezahlt, dann müsste sie heute im Alter nicht so knausern. Aber so war sie, ohne zu murren gab sie ihm dann das Geld. Ihr fiel dann auf: Er war ja eigentlich wohl musikalisch. Er konnte gut tanzen, wenn sie noch zurückdenkt, was haben sie viel getanzt und gut zusammen getanzt. Reiterball oder andere Feste. Er spielte gut Jagdhorn. Aber singen hörte sie ihn nie. Nur wenn sie ihm das Geld vom Pferdeverkauf gab, ging er pfeifend die Treppe hinunter. Sie dachte sich ihren Teil dabei. Ja, an ihre Pferde dachte sie oft zurück. Eine gute Stute ging ins Sauerland, die er, als sie sie gekauft hatte, noch roh, also noch nicht eingeritten, als verrückt eingestuft hatte und sagte: Die bekommst du nie in die Gänge. Später, als sie verkauft wurde, war sie so gut, junge Mädchen konnten sie reiten, sogar ins Gelände. Wenn andere Pferde davonrannten, blieb sie ruhig. So erzählte mir die Käuferin. Eine Gräfin aus dem Sauerland mit zwei Töchtern, die sie dann geritten haben. Oder andere Pferde aus ihrer Zucht. Immer hat sie es nachts gemerkt, sie wusste sofort, jetzt geht es dem Pferd oder der Stute schlecht, oder ist sie krank oder wird weiterverkauft. Es war so tief in ihr, sie wusste es, ob es nun einer glauben will oder nicht. Etwas ist, wenn sie nachforschte, und das tat sie, bekam sie die Bestätigung. Ihre erste Stute, die sie 23 Jahre hatte, war ihm zur Last geworden. »Bring sie zum Schlachter.« Er wusste genau, wie sehr er sie damit quälen konnte. Es wurde ihr zu viel und er brachte sie alleine weg. Sie wollte erst gar nicht auf dem Hänger gehen und wieherte ganz leise. Sie ahnte es, ihre Stute, sie weiß es hundertprozentig. Dann beim Runtergehen wollte sie erst auch nicht, sie wusste es, wieherte ganz leise und tief. Man nahm sie ihr ab, ein paar Minuten später brachte man ihr das Halfter. Auf dem Nachhauseweg hat sie in einem Seitenweg angehalten, sie war selber ganz schwach und geschnoddert und geheult und Galle gebrochen. Nach ein paar Jahren traf sie aus dem Nachbarort ihrer Heimat jemanden, der sie ansprach, auch früher schon gerne gehabt hätte: »Ich hätte sie dir auch jetzt noch abgekauft.« Er wusste auch immer schon, es war eine gute Stute. Aber sie hatte ja mal gesagt:

»Für kein Geld in der Welt verkauf ich sie, ich verkaufe doch meine Seele nicht.« Als sie es ihrem damaligen Freund erzählte, später Ehemann, hat er nichts mehr gesagt. Nur hinter ihrem Rücken spann er seine großen Fäden. Heute fragt sie sich selber, woher habe ich nur die Kraft genommen und so lange ausgehalten. –

Reisen tat sie auch gerne. Einfach war es nicht, einen Job zu finden. Ein klein bisschen Glück hatte sie doch. Im Nachbarort, in einem schönen Waldhotel suchten sie eine Dame fürs Frühstücksbuffet. Sie fuhr hin und konnte gleich anfangen. Achteinhalb Jahre war sie dort, bis zur Trennung. So konnte sie dann mit der Tochter einige schöne Fahrten machen. Ihre Tochter fuhr sehr gerne mit und es machte ihr Spaß. Griechenland, Italien, Sizilien, Spanien, Ibiza, Formentera, Rhodos, Korfu, Tirol, Meran und Norderney. Viel haben sie zu sehen bekommen. Von überall her gibt es schöne Erinnerungen. Diese Reisen hat sie selber bezahlt, auch für ihre Tochter. Nur einmal aber gab er ein kleines Taschengeld mit, aber auch nur die Tochter sollte es sehen. So hat er dann später auch zu ihr gesagt, die Reisen habe ich Mama auch bezahlt, die Tochter meinte, ich hab es selber gesehen, aber nur einmal das Taschengeld. So behauptete er dann auch später beim Rechtsanwalt: »Die Reisen habe ich bezahlt.« Ach, wie schön wäre es gewesen. Dann hätte ich wenigstens ein bisschen mehr sparen können für die Rente. Beim Rechtsanwalt behauptete er dann ganz andere Sachen, sie wäre diejenige, die gegangen ist, es müsste doch mehr Geld da sein. So war er immer misstrauisch und glaubte, sie hätte irgendwo Geld versteckt. Darum auch das Abhorchgerät. Weil sie ihn kannte und wusste, was er vorhatte, stellte sie oft ein paar Schuhe vor die Tür, so konnte sie sehen, ob einer die Tür geöffnet hatte. Abwarten, bis sie tief schlief, dann ins Zimmer gehen und sie im Schlaf aushorchen. Er hatte es ja schon oft ausprobiert. Da wusste sie ganz genau, es kommt nach einiger Zeit wieder, und wusste, was er gefragt hatte. »Wenn sie es nicht glauben wollen, machen Sie einen Versuch.« Ihre Ehe war kaputt, es lief schon lange nicht mehr so, wie es eigentlich sein sollte. Nein, das hätte sie nicht gekonnt. Wie sagt man so schön, von vorne streicheln und von hinten einen Tritt in den Hintern. Er holte sich aber das, was er brauchte, woanders.

Er fing schon damit an, als sie gerade erst verlobt waren, was will er nur wissen. Später kam alles wieder in ihr hoch. Warum, warum, warum hat sie da nicht Schluss gemacht! Torschlusspanik oder dergleichen? Ihre Tochter war noch klein, auch da wollte er sie schon loswerden, aber nur wenn er die Tochter alleine behalten konnte. Er hatte sich mit jemandem abgesprochen, seinem Bruder? Nahm sie an, oder ein Freund und Helfer? Sie musste, mit Tochter auf dem Arm, zum Amt. Er hatte vor, »sie« als alleinigen Besitz auf seinen Namen eintragen zu lassen. Sie hörte noch, wie der Beamte sagte: »Das Kind gehört immer zur Mutter.« Sie hat ihn nicht darauf angesprochen. Er wusste genau, sie hat Angst, ihre Tochter zu verlieren und sich eine neue Bleibe zu suchen. Dann fingen die schwierigen Zeiten an. Er hoffte immer auf den Hof, den er mal erben sollte, wollte. Er kündigte seine Arbeit und nahm bei einem Neureichen eine Stelle an. Der hatte sich eine wunderschöne Reitanlage gebaut. Beheizte Halle, alles aufs Feinste. Sein eigenes Haus lag etwas erhöht, so ließ er die ganze Straße im Winter beheizen, so war sie immer schnee- und eisfrei. Zwei Töchter, die auch dem Pferdesport zugetan waren, die Ausbildung der jungen Pferde. Ankauf von Pferden auf Auktionen, wo sie öfter half die Pferde zu beurteilen. Alles lief auch einige Zeit gut. Einmal im Jahr wurde die ganze Belegschaft mit Frau und Kindern eingeladen. Dann ging es, alle Pferde auf dem Hänger, mit Fähre nach Norderney. Drei oder vier Tage blieben sie dort. Ein Jagdtag mit Hundemeute inbegriffen. Sie durfte dann das gute Pferd der Tochter reiten. »Wow«, hat sie nur gesagt, »es war wirklich ein tolles Pferd.« Was sie dann auch später zum Silbernen Abzeichen reiten durfte und den ersten Platz belegte in Dressur und Springen. Bis der Chef sich noch einen Bereiter nur für seine Springpferde nahm und anstellte. Viele sahen es schon voraus, auch sie, so was geht nicht gut aus. Er konnte keinen Ebenbürtigen an seiner Seite dulden. Sie durfte des Öfteren mit nach Verden zu den Auktionen, hatte einen Blick für gute Pferde. So wurde dann auch ein paarmal mitgeboten, laut ihrer Empfehlung. Der Chef hat später nicht schlecht dabei abgeschnitten, wenn ihr Mann die Pferde ausgebildet hat, sie dann verkauft wurden. Selbst bei der Suche nach einem passenden Hengst durfte sie mitwirken. So wurde einmal aus der Nachzucht ihrer Empfehlung ein Pferd auf der Auktion zum Höchstpreis versteigert. Es kam so, wie alle es vorausgesehen hatten. Er bekam die Kündigung. Dann zuerst mal »Holland in Not«. Sie musste ihn wieder aufbauen, er solle an seiner Reitkunst nicht hadern. So schnell konnte er zum elterlichen Hof nicht zurück. Er bekam dann nach ein paar Monaten Kampf mit seinem Bruder den Resthof zugeschrieben. Zur Überbrückung ritt er die Pferde von einem Zahnarzt, der einen wunderschönen Bauernhof gekauft hatte, mit großen Parkanlagen. Man kannte sich ja aus der Reiterszene. Als sie beide einmal da waren, meinte die Frau: Sie könne ihren Mann, wenn er schlief, aushorchen. »Musst du mal machen«, meinte sie. Sie schaute ihren Mann an und sah die Reaktion in seinen Augen. Sie wusste es doch schon längst, denn ihr Mann hatte es doch mit ihr so gemacht. Es kam eine harte Zeit auf ihn, auf uns zu.

 Der Bauernhof wurde umgebaut. Eine alte Lehmwand mit Stroh ließen sie stehen für die Nachwelt. Den großen Garten mit Anlagen legte sie selbst an, mit viel Rasen und Sträuchern. Neue Pferdeställe, Reitplatz hinterm Haus. Die Jahre gingen dahin. Eine Zeit ging es gut, etwas! Einer Frau hatte sie ein Pferd vermittelt, man bekam entweder Prozente oder ein Dankgeschenk. Eine gute Kandare bekam sie geschenkt, gleich wollte er sie haben, um sie weiter zu verschenken. Das tat er gerne, ihre Sachen verschenken, um selber gut dazustehen. Er wollte wieder einmal ihre Stute und kam: »Der möchte mal gerne deine Stute reiten.« Das hat er sich ja mal wieder schön ausgedacht. »Nein«, war die Antwort. Wie oft hat er wohl seinen schlechten Tag ausgenutzt, um ihre Stute mit Schlafpulver zu versorgen, dass sie auf dem Turnier das Vorderbein hängen ließ? Ihr Plan wurde immer unausweichlicher. Sie musste weg, weg von hier vom Hof. Der Streit nahm zu. Meine arme Tochter, ich kann ihr das nicht antun. Aber sie wird älter und es besser verstehen. Die Zeit ging wieder dahin. Sie war zu dem Schluss gekommen, jeder reagiert anders mit Kummer und Leid und keine der Reaktionen ist falsch. Ich begrabe den Kummer und lebe weiter so, als wäre nichts geschehen.

»Wenn in größter Not die Sorgen einen plagen. Niemand da ist, der hilft, auch dann noch an »Ihn« glaubt! Dann wird alles gut.«

– – –

Auch versuchte er immer sie möglichst festzunageln, ihr Arbeit besorgte, sie nicht viel Freiraum hatte. Aber alles nur für sich. Einmal sollte sie Fasanen aufziehen, ein anderes Mal Kaninchen, dann kam er mit zwei jungen Füchsen, die sie großziehen sollte. Seine Hunde versorgen. Er hatte ja immer vier bis fünf Dackel, einen großen Jagdhund. Jeden Tag Ställe saubermachen, füttern, entflohen, laufen lassen. Mit einem Hund kam er nicht klar. Er hatte ihn gebraucht gekauft und hörte schlecht auf Kommandos. Es war ein wunderschönes Tier, nur er nahm ihn nie mit zur Jagd, er wollte nicht hören. Ihr tat es leid, ihn immer nur im Zwinger zu sehen. Sie hatte wenig Zeit, immer nur kurz laufen lassen, keinen Augenblick durfte man ihn aus den Augen lassen, sofort war er weg. Einmal drehte sie sich um, schon hatte er sich geduckt und wollte sich davonschleichen. So sagte sie zu ihrem Mann: »Es ist zu schade, so ein Hund gehört in die richtige Hand, zu einem Jäger, der Interesse für ihn zeigt.« Ein Jäger nahm ihn mit, sie sah es seinem Gesicht an, wusste, er musste gehen. Seinen Reitschülern erzählte er dann eine ganz andere Version. Sie hatte ihren Dalmatiner mit in die Ehe genommen. Bekam ihr Mann von einem Bekannten, der auch mit seinem Hund nicht klar kam, einen großen Deutsch Kurzhaar. Man hatte ihr aber nicht erzählt, er war ein richtiger Killer. Er packte sich den Dalmatiner und wollte ihn töten, um Haaresbreite wäre er verblutet, wenn sie nicht mit ihm zum Tierarzt gefahren wäre. Er, ihr Mann, stand dabei und lachte. Wen sie spazieren gingen, musste sie ihren Dalmatiner anleinen und seiner durfte frei laufen. So packte er sich auch mal einen Collie, der brav neben seinem Herrn ging. Ihren Mann zog es, wenn er frei hatte, immer ins Jagdrevier. Sie fuhr einmal mit. Der Hund kam auch mit. Durfte dann aber nicht mit aussteigen. Sie hatte ihn noch gewarnt: »Nehm ihn lieber mit, sonst macht er alles kaputt.« So war es dann auch. Als sie zurückkamen, sahen sie es schon von weitem, es leuchtete so hell und weiß im Wagen. Den ganzen Sitz, das Armaturenbrett, alles hatte er abgerissen und zerfetzt. Zu spät, der arme Hund musste raus aus dem Wagen, er hatte sich schon einen dicken Knüppel besorgt und so wurde der Hund durchgelassen. Er war so wütend, so schlug er daneben und traf seinen Arm. Die gute, teure Uhr, die sie ihm zur Hochzeit geschenkt hatte, war kaputt. »Hör auf, hör auf«, er meinte dann, das mache er nicht noch einmal. Er machte es noch einmal. Als der Wagen wieder fertig war, kam sein Hund noch einmal mit. Auch dann passierte es wieder. Das Auto war wieder dahin. Ihr Mann konnte einfach nicht begreifen, sein Hund wollte doch mit, dann hätte er ihn nicht mitnehmen müssen. So zerfetzte er vor Wut alles, was er zu fassen bekam. Sie ließ auch da jeden Tag die Hunde in den Auslauf. Ein großer Zaun ging rund ums Haus. Einmal konnte sie nicht so schnell schauen und schon war er weg, ausgebüxt. Sie rannte, suchte alles ab, aber sie fand ihn nicht mehr. Ein Bekannter aus dem Reitstall kam: »Ist der *Ben* zu Hause?« »Nein, eben hat ein Bauer einen Hund erschossen, weil er seine Enten jagte, die auf dem Teich schwammen.« So sind die Jäger, anstatt einmal zu warnen, wird sofort alles abgeknallt. Das Malheur war groß! Wie es ihrem Hund erging, möchte sie nicht erzählen.

Zurück auf dem Hof, er hatte ja immer mehrere Hunde. Eine Dackelhündin hatte vier junge Welpen bekommen. Sie ließ die Hunde laufen, so wie jeden Tag. Zwei Hunde ließ sie immer laufen, die anderen blieben im Stall, dann entfernten sie sich nicht so weit. Es war Pfingstsonntag. Sie longierte ein junges Pferd und achtete nebenbei auf die zwei Hunde, hin und wieder rief sie, dann schauten sie um die Ecke. Nur kurze Zeit später hörte sie einen Schuss, dann noch einen, sie dachte noch, wer geht denn sonntags jagen? Sie rief wieder, diesmal schaute kein Hund um die Ecke. Schnell das Pferd in den Stall, währenddessen fiel noch ein Schuss. Die Hunde kamen nicht mehr nach Hause. Alles wurde abgesucht, bis ihr klar war, die Jäger! So war es auch. Nach Erkundigungen und Überlegungen war es so, sie hatten die Hunde erschossen. Einer war noch nicht ganz tot, er bekam dann einen Gnadenschuss. Der eine Dackel war angeschossen, konnte sich aber entfernen und lief auf einen Bauernhof, wo ein kleines Mädchen ihn nicht mehr hergeben wollte. Jetzt musste sie die drei Wochen alten Welpen aufziehen. Es wurde »Milumil« geholt, nach zwei Tagen hatten sie den

Dreh raus, sie entwickelten sich prächtig. In allen Zeitungen wurde annonciert, alle Tierheime angerufen, nichts. Nach zwei Jahren erfuhren sie es, der liebe Nachbar wusste davon, der eine Dackel lebt noch. Sie hatte doch so oft gefragt, wisst ihr noch, wo? So waren die Nachbarn. Auch die Jäger haben nichts gesagt, man warnt doch erst einmal, bevor man einen Hund erschießt. Es konnten ja nur die Revierbesitzer gewesen sein. Erst einmal hat sie die Jäger auf den Biss. Ihre Stute war hochtragend, bekam jeden Tag Weidegang. Die Jäger gingen zur Jagd und schossen an der Weide Fasanen. Die Stute erschrak sich so, sie sprang hochtragend über den Zaun und in der Kurve rutschte sie aus und stürzte, fing sich aber dann und lief nach Hause. Es war noch einmal gut gegangen. Was wäre das für ein Verlust gewesen, wenn sie verfohlt hätte. Sie war wütend. Als Jagdbesitzer muss man vorher die Anlieger warnen, die Tiere im Stall zu lassen. Aber nichts wurde gesagt. Missgunst und Neid und Dummheit wachsen auf einem Zweig. Es kam trotzdem ein gesundes Fohlen zur Welt.

– – –

Eine kleine Tiergeschichte fällt ihr noch ein. Seit Tagen hörte sie draußen, jedes Mal wenn sie zu den Pferden ging, um die Ställe in Ordnung zu bringen, ein Viepen, es war ein Kitz, was nach der Mutter rief, am zweiten Tag, am dritten Tag, morgens, mittags, abends. Also machte sie sich auf die Suche, gar nicht so einfach in dem großen Maisfeld. Einmal hier und schon wieder woanders. Es wurde schon dunkel, sie blieb stehen und hörte, es war immer noch da, nur wo? Es hatte keinen Zweck, am anderen Tag das Gleiche, suchen, viepen, suchen. Sie will es nicht mehr. Die Mutter ist sicher verendet oder überfahren worden. Sie kamen von der Reithalle, die Tochter, ihr Mann. Wer lag da mitten vor dem

Stall? Ein kleines Rehkitz, nach vier Tagen, es hatte aufgegeben. Sie wollte sofort hinlaufen und es aufziehen, hatte vor Jahren zu Hause auch mal geklappt. Ihr Mann sagte nein, also gab es keine Widerrede. Er schickte sie beide ins Haus. Gefragt hat sie nicht mehr, wo hast du es hingetan. Es war bei ihm immer ein kurzer Prozess, sie will es nicht wissen. –

Als sie das erste Rehkitz aufzog, war sie noch auf dem elterlichen Hof. Man brachte ihr ein Kitz, dem man beim Kornmähen ein Vorderbein abgemäht hatte. Sie fütterte es mit einer Flasche groß, es war ein kleiner Rehbock. Das Gehörn durch die Verletzung verkümmert, aber spitz. Der Jäger würde sagen ein Spießer. Er machte sich gut und kam somit in den umzäunten Obsthof. Dort gab es immer frisches Gras und irgendwas dazu. Ihr lieber jüngerer Bruder, der sie auch damit ärgern wollte, schnappte sich ihren jungen Dalmatiner, er war erst ein paar Monate alt, hob ihn über den Zaun zu dem Rehbock. Im Haus hörte sie ein komisches Bellen und Wummern, lief schnell hinaus und sah die Bescherung. Alles lachte und erfreute sich daran, ihre ältere Schwester, ihr Bruder. Sie verstand es nicht. Wie kann man nur so sein? Warum mussten immer alle lachen? Wenn es dem anderen schlecht geht oder er beschädigt wird. Man hatte ihr nie viel beigebracht, aber ihr Empfinden war groß, sie war sprachlos. Ist das Schadenfreude oder haben die kein Empfinden? –

Als sie ihr zweites Turnier, ein A-Springen gewonnen hatte, sagte er sogar zu ihr: »Du bist sehr gut geritten.« Das gabs doch nicht. Das erste Mal ein Lob. Jahrelang hatte sie sein Zimmer geputzt, für ihn mitgekocht, gewaschen, gebügelt, kein Dankeschön und jetzt auf einmal ein Lob. Wie kams! Obwohl, heute weiß sie es, er hatte es gewusst, was in den Pralinen, die ihr älterer Halbbruder in den Schrank gestellt hatte, deren Inhalt war. Sie waren nur für sie gedacht. Fragte sie einmal: »Möchtest du auch eine davon.« »Nein, die esse ich nicht. Sonst kein Wort, lass sie stehn, oder die sind nicht gut für dich. Sie ahnte doch nicht, was damit war. Kannte es doch nicht, hatte doch noch nie davon gehört. Heute weiß sie es, ihr war danach so übel und komisch, so was kannte sie nicht. Was sind das für Gefühle? Später, als sie davon erfuhr, es gibt auch Erotik-Pralinen, überkam es sie wie ein Blitz. Was wollten sie damit erreichen? Noch Jahre später auf dem elterlichen Hof lag da hin und wieder so eine Praline. Aber sie hatte ein schlechtes Gefühl und ließ sie liegen. Später sah sie, die Praline war nicht mehr da. Nur ihr Dalmatiner benahm sich so komisch, sie sah, ihr älterer Bruder fütterte ihren Dalmatiner damit. Als ihr Bruder unter Vormundschaft stand, sie den Haushalt und die Gartenanlage versorgte, im Garten war und ein Herr an der Haustür schellte, ging sie hin. Er gab sich aus als Doktor Sowieso, ein Prüfer vom Gericht und Sozialfachmann. Sie bat ihn ins Haus, wo er sich über ihren Bruder erkundigte. Wie es mit ihm geht, was er so treibt und wie er sich verhält. Ja, ihr Bruder hatte ja auch kein Geld mehr zur Verfügung, nur ein geringes Taschengeld, konnte sich nicht mehr davon besaufen, so wars ja auch gedacht. Keinen Führerschein mehr, keine Casinobesuche usw. Er schaufelte für seinen Mieter die Kohlen in den Keller, für 5,– DM. Manchmal fuhr er mit zum Turnier. Eine Filmkamera kaufte er sich, somit hatte er wenigstens etwas zu tun. Sie wusste, er war ein Schlitzohr, aber sie konnte und durfte ja nur erzählen, was jetzt ist. Wenn sie erzählt hätte, als der Doktor kam, ihr Bruder hatte ihn wohl erkannt, er hielt sich ja immer, ohne dass er gesehen wurde irgendwo in der Nähe auf. Sie selber hatte genug zu tun, war auch zu gutgläubig und passte nicht genug auf, ging hin, so dass er von dem Doktor gesehen wurde, nahm ihre Gartenkarre, die nur halb mit Unkraut gefüllt war, fuhr damit fort, so um zu tun, als ob er schwer am Schuften ist. Nie, nie hat er jemals nur etwas geholfen. Er hatte ja überall im Hörgerät (Spion) oder er schlich durchs Haus. Also erzählte sie dem Prüfer, so wie es jetzt war. Er war ja ein Jahr bei Patres in Essen, in einem Entzugskloster, wo er auch arbeiten musste. Er wusste auch immer, was im Wohnzimmer gesprochen wurde. Ihr Vater, ihr jüngerer Bruder und sie saßen abends dort. Manchmal setzte er sich dazu, schaute, ohne irgendetwas zu sagen oder sich zu äußern, ganz still und regungslos in seinem Sessel. Es wurde ihm auch gesagt, du musst irgendwas arbeiten, zu tun haben. Er hatte ja auch nichts gelernt. Seine landwirtschaftliche Lehre abgebrochen, Land verkauft usw. Sie erzählte alles so, wie sie es im Moment sah. Er fährt mit zum Turnier, schippt Kohlen für seinen Mieter in den Keller, für ein paar Mark, sitzt langweilig am Fernseher. Und trinken? Nein, hat er nicht mehr getan. Für den Moment sah es nicht schlecht aus. Sie sagte ihm auch, er braucht Arbeit, Beschäftigung. Zwei Stunden unterhielten sie sich wohl über ihn und Gott und die Welt, eben wie alles war. Dann kam ein Kratzen und Wimmern an der Tür. Vor der Tür stand der Dalmatiner, der zu ihr wollte. Sie sah es sofort, er hat ihn wieder mit diesen Pralinen gefüttert. Die Zunge weit raus, er war die ganze Zeit am Hecheln. Bis sie streng sagte: »Da Platz!« Sonst benahm er sich nicht so. Der Prüfer verabschiedete sich kurz darauf. Der Hund wurde nicht mehr beachtet. Seine Machenschaften hatte sie wohl durchschaut. Er, ihr Halbbruder, wollte was damit erreichen, heute weiß sie auch was. Wer denkt denn auch schon an so viel Schlechtigkeit. –

Ein paar Wochen später wurde seine Vormundschaft aufgehoben. Der Nachbar, Nachfolger seiner Mutter, der die Vormundschaft übernommen hatte, kam und sagte es. »Meine Aufgabe ist hiermit erledigt.« Die Zeit lief weiter, er blieb auch die nächsten zwei Jahre trocken, benahm sich soweit gut. Bekam seinen Führerschein wieder, machte Weltreisen. Inzwischen hatte sie ihren Mann kennengelernt, der noch zwei Jahre dann auf dem Hof bei ihr wohnte. Ihr Vater lebte auch noch. So hatte sie vier Männer zu versorgen.

Aber heute so im Nachhinein stellt sie fest, was war sie für ein blödes Schaf. Keiner von den Männern, ihr alter Vater natürlich ausgeschlossen, hat je einmal etwas geholfen, geschweige den Rasen gemäht. Es waren wohl insgesamt 3000 qm, die sie jede Woche zu mähen hatte, denn sie hielt alles sauber und in Schuss. –

Ihr Freund, heute sagt man ja Partner oder Lebensgefährte, hatte seine kaufmännische Prüfung hinter sich, sein zweites Standbein, auch mit sehr gut bestanden. Suchte dann aber eine Stelle als Reitlehrer. Eine Stelle bekam er schnell. Der Besitzer der Reitanlage, ein Baron, baute ihnen ein kleines Fertighaus an der Reitanlage. Die Hochzeit wurde geplant. Vorher noch einmal Urlaub machen. Drei Tage vorm Abflug verstarb ganz plötzlich ihr Vater. Abends vorher saß er noch sehr lange mit allen im Wohnzimmer. Er wurde schon gefragt: »Papa, heute Abend hältst du es aber lange aus«, ihm ging es doch gut, außer sein Altersdiabetes, den er im Griff hatte, plagte ihn nicht groß was. Er hatte sich wohl gedacht, wenn die Tochter jetzt heiratet und geht! ... Des Nachts war der Arzt noch da. »Ich habe ihm eine Spritze gegeben, morgen früh wird es wohl gut sein.« Am anderen Morgen kam sie ins Zimmer, da war er schon tot. Am dritten Tag war der Flug gebucht. Ihr Freund meinte: »Du musst das anders regeln.« Es wurde mit dem Pastor gesprochen, es ging. Einen Tag später der Flug, es ging 14 Tage nach Gran Canaria. Ein schöner Urlaub war es nicht. Die Gedanken waren doch immer woanders. Eine schöne Insel, ein schönes Hotel, direkt am Meer, das Klima! Ein Riff lagerte ein paar hundert Meter vom Strand, so schwamm man dorthin und konnte auf dem Riff herumlaufen. Es wurde ausgiebig gefrühstückt, über Tag die Insel besichtigt, mit großem Hunger warteten sie auf das große Abendbuffet. Eifersüchtig und misstrauisch war er immer schon. So konnte er nicht haben, wenn sie mal zu den anderen Tischen schaute, wo junge Leute, wohlgesagt junge Männer, saßen. Sie schaute aber ganz unbewusst und dachte sich nichts dabei. So war sie ja immer schon. Er sagte nichts, fragte nichts, verließ ruckartig den Tisch und kam nicht wieder. Eine Zeit wartete sie mit dem Essen auf ihn, er kam nicht wieder. Was hatte er nur? Sie hatte Hunger und fing, sie hatte jetzt lange genug gewartet, an zu essen. Den ganzen Tag nichts gehabt, esse erst mal was. Dann ging sie ins Hotelzimmer. Dort lag er im Bett. »Was hast du? Was ist?« Keine Antwort. »Geht es dir schlecht, du hast ja nichts gegessen, hast du keinen Hunger, warum warst du auf einmal verschwunden?« Keine Antwort, so nahm sie es hin. Dann tranken sie einen süßen Malaga. Er konnte es nicht haben, weil sie zur Seite geschaut hatte. »Du brauchst doch nicht eifersüchtig sein, wir sind doch verlobt.« –

Vorher die Verlobung:
 Er musste ja groß einladen, sie wollte gar nicht, es kostet doch alles so viel. Ich zahle diesmal. Alle Reiter und Freunde, Verwandtschaft wurden eingeladen. Das Essen wurde zusammen ausgesucht, es war das Lokal, wo er mit seiner Verflossenen des Öfteren war. Da meinte die Wirtin: »Verlobt ist ja noch nicht verheiratet.« Sie würde welche kennen, die sich nach der Verlobung sofort wieder getrennt haben, sie wollte wohl damit sagen: Euch kann es auch passieren. Denn die Wirtin wusste ja, wie sehr er seiner Ex nachtrauerte. Sie ahnte schon, was die Wirtin damit sagen wollte. Seine Ex war ja nicht mehr zu haben, so dachte er sicher: Dann nehme ich eben die oder keine.

 Ihr Vater war natürlich auch dabei, sah sich das Treiben der jungen Leute an. Er war ganz zufrieden, sie kannte ihn ja. Ihr Verlobter kam, etwa zwölf Uhr nachts. »Dein Vater muss aber jetzt nach Hause.« So sagte sie: »Kannst du mir ganz getrost alleine überlassen.« Er war beleidigt und lief nach draußen. Eine Weile später hatte er sich eingeholt und kam wieder rein. So war es oft, nur eine Kleinigkeit gesagt, schon war er beleidigt. So ging es immer weiter, wenn sie mal was hatte und sich beschwerte, meinte er: »So sind nun mal die Dörfler.« Dann kam es dazu, er wurde stark angegriffen, war wütend und beleidigt, da meinte sie: »Du hast ja selbst gesagt, es ist eben ihre Art und es gibt so ein schönes Sprichwort: Was du nicht willst, das man dir tut, das füg auch keinem anderen zu.« Ruhe ward. –

Weil sie von ihren Halbgeschwistern traktiert wurde, sie war ja wehrlos als Kind, etwa so, sie ist ja nur eine ... ach, die, usw., führte sie das später auf ihre Ehe zurück, sie hatte sich nicht wehren können, gegen seine Demütigungen, um Frieden zu halten und weil sie Streit meiden wollte, es ihr zuwider war, weil er besser reden konnte als sie. Er drehte einem das Wort im Mund um. Er log vor anderen Leuten, sogar wenn sie dabei war. Sachen, die nicht wahr waren. So sagte einmal ein bekannter Reiterfreund, als er sich über sie beschwerte: »Das glaube ich dir nicht!« Ruhe ward. –

Ihre Mutter war sehr hart zu ihr. Einmal spielte sie mit einem fünf Jahre älteren Mädchen, die Tochter einer Hausangestellten, wo sie nicht mitspielen sollte. Heute muss sie sagen, mit Recht, denn sie brachte ihr viele Dummheiten bei, extra, was sie nicht einordnen konnte. Sie aber doch, weil sie wieder alleine war und sich keiner um sie kümmerte, zu ihr hinlief, wollte nur spielen. Sie wurde dann aber nach Hause geschickt, die Mutter wartete schon, zog ihr die Hose runter und ließ auf dem nackten Popo ihre Wut aus. Sie schämte sich so, denn die Flüchtlinge, die eine Bleibe im alten Häuerhäuschen gefunden hatten, bekamen alles mit. Sie musste im Knien vor dem Stuhl ihre Milchsuppe essen, im Flur! Jede Gegenwehr wurde ihr ausgeprügelt, so ging es dann später seelisch weiter. Sie lernte nie richtig zu kämpfen, sich durchzusetzen, etwas ist da schon in ihr zerstört worden. Auch Jahre später, unsicher wegen ihres Körpers, sie meinte immer, ich sehe ja schrecklich aus, keiner mag mich. Es muss wohl an ihr liegen. Sie las später ein Buch über »Verhaltenserkunden«. Gewalt, Hunger, bei Missbrauch und Todesängsten bilden sich Überlebensstrategien, wie Lügen und Stehlen, um die dringlichsten Bedürfnisse zu sichern. Wenn Kinder erlittene Reaktionen zeigen, ist das normal und gesund!

So wie die Sonne untergeht, geht sie auch wieder auf. So lebte sie, sie hatte es gelernt über Sachen hinweg zu schauen, sie lebt ja und wollte leben. Trotzdem war niemand da, der sie mal in den Arm nahm.

So zwischendurch: Heute liest sie in der Zeitung: Er hat ein Kind vergewaltigt, ein 13-jähriges Mädchen, dafür bekommt er 4 Jahre und 9 Monate Haft, plus Therapie, bezahlt natürlich. Bald ist er wieder frei, obwohl er gefährdet ist, er hatte drei Jahre vorher schon mal eine solche Straftat begangen. Er zeigt nicht einmal Reue oder Empfinden für das Opfer. Das 13-jährige Mädchen, Opfer und Leidtragende, bekommt lebenslänglich. Therapie? In was für einer fortgeschrittenen und modernen Welt leben wir heute? Gut, zurückschauen darf man auch nicht. Grauenhaft, ekelerregend. –

## Noch eine Tiergeschichte

Etliche Tage sah sie, wenn sie Pferde auf die Weide brachte, oder wenn sie vom Einkaufen kam, ganz hinten in der Weide auf einem Zaunpfahl einen Bussard sitzen. Fünf, sechs Tage, so genau weiß sie es nicht mehr. Er jammerte und rief immerzu, die ganzen Tage. Am dritten Tag kam es ihr schon komisch vor, entweder ist er verletzt und kann nicht mehr fliegen, oder er hat Hunger. Nach ein paar Tagen, da stimmt was nicht, er muss Hunger haben. Denn sie hatte ihn Tage vorher im Garten auf dem Rasen sitzen sehen, wo er einen Wurm aus dem Rasen zog. Am anderen Tag, er saß wieder da und rief immer noch. Sie sagte noch laut: »Wenn ich jetzt komme, um zu sehen, was du hast, fliegst du weg.« Also, dachte sie, keinen Zweck, ich will ja wohl helfen. Sie ging ins Haus. Stunden später musste sie die Pferde füttern. Ach, schau an, der Bussard saß fast vor der Haustür. Sie packte sich ihn, er ließ es sich auch gefallen. Sie hob ihn hoch, so leicht wie eine Feder, der ist ja fast verhungert. Die Tochter kam angelaufen, sie sagte zu ihr: »Im Kühlschrank liegen noch ein paar Putenschnitzel, schneide sie in kleine Stücke und komm schnell wieder.« Sie hatte den Bussard fest im Griff, mit der einen Hand den Bussard, mit der anderen Hand den Schnabel aufgehalten. Die Tochter stopfte dem Bussard die Schnitzelstückchen in den Schnabel. Zwei ganz rohe Schnitzel hat er verputzt. Der muss morgen auch noch was haben, packte ihn in einen Kaninchenstall, stellte Wasser dazu und noch ein Schnitzel für den Fall. Nach kurzer Zeit schaute sie nach ihm. Das Schnitzel hatte er auch schon wieder aufgefressen. So dumm, wie sie war, hatte sie Mitleid und band ihn an einem Strohband am Fuß fest, draußen am Kaninchenstall an. So hat er erst mal wieder ein bisschen

Freiheit. Nach kurzer Zeit schaute sie wieder nach ihm, er war nicht mehr da, hatte das Strohband durchgehackt und mit seinem vollen Magen das Weite gesucht. Weg ist weg. Am anderen Tag, ihr Mann war draußen auf dem Reitplatz und rief: »Komm hierhin. Dein Bussard fliegt hier rum.« Sie hatte noch ein Putenschnitzel, lief raus und rief: »Bussi, Bussi, Bussi, komm her.« Mit erhobener Hand zeigte sie das Schnitzel und legte es auf die hohe Einzäunung des Reitplatzes. Er kam nicht. Ja dann, eben nicht. Als sie dann später zum Pferdefüttern ging, war das Schnitzel verschwunden. Dann sah man ihn noch eine ganze Zeit jeden Tag seine Runden fliegen. –

# Ein Traum von ihrem ersten Pferd

23 Jahre ist ihre Stute nur geworden, sie hätte noch locker zehn Jahre leben können. Sie wollte sie ja nie hergeben. Ihre Stute sollte auf dem Hof ihr Gnadenbrot bekommen. Doch ihr Mann ließ nie locker: »Bring sie weg, bring sie zum Schlachter.« Sie konnte es nicht mehr hören. Platz war ja genug da, zu fressen brauchte sie auch nicht mehr viel, Weide war auch genug da, aber nein, er wollte einmal seinen Willen durchsetzen. So sah sie im Traum, eine Nacht vorher, es war ein strahlend blauer, wolkenloser Himmel, ein wunderschönes weißes Pferd, was hoch oben am Himmel, in einem großen Bogen seine Bahn zog, bis es an der letzten Rundung der Erdkugel verschwunden war. Dann erwachte sie. Ihre Stute war ein Dunkelfuchs. Am anderen Tag, wieder und wieder: »Bring sie weg.« So rief sie an beim Pferdeschlächter. Warum hat sie nicht bis zum Umfallen gekämpft? Ihr Recht gefordert?

– – –

Aus Sensationslust, Neugier und Missgunst, aus verletztem Stolz heraus, immer wieder in alten Wunden herumzustochern. Alles, was vergangen, nie wieder gutgemacht werden kann. Den anderen, »das Opfer«, eigentlich nochmals zu verletzen, ist absurd. Vielleicht war es Neid? Sie sagte mal zu ihrem Bruder: »Wir brauchen einen neuen Wagen. Ich habe meine Stute gut verkaufen können, weißt du, wo ich einen Wagen, der auch einen Pferdeanhänger ziehen kann, bekomme?« »Kann ich dir besorgen«, meinte er. Sie gab ihm das Geld und er brachte einen Tag später ein Auto. »Aber das Auto hat doch viel mehr gekostet!« Die Rechnung hatte er nicht. »Den Rest hab ich dazugelegt.« Später erfuhr sie, ein paar Tage später, das Auto war nicht so teuer. Den Rest hat er sich eingesteckt. Ihr Ehemann hatte natürlich nichts Besseres zu tun, das ihrer Schwester zu erzählen, so erfuhr es die ganze Familie, er heizte sie so richtig auf damit. Sie hatte ihrem Halbbruder vertraut und war wieder einmal reingefallen. –

Ihre Schwester versuchte immer mal wieder sie auszuhorchen, etwas zu erfahren und sah nicht einmal, wie sie dasaß und zitterte und nicht die richtigen Worte fand, wieder daran erinnert zu werden, wo sie doch alles vergessen wollte, »ihm« sogar verzeihen wollte, musste! Wie sollte sie sonst weiterleben können, die eigene Mutter geschwiegen, nicht geholfen, die ältere Halbschwester, nur gegrinst hat sie. Die Angestellten vom Hof, hätten sie ihn angezeigt, dann wäre er ins Gefängnis gekommen. Sie selber wusste doch da noch nicht, warum wurde sie so angesehen. Wie sollte sie es auch wissen, er war zu raffiniert. Schon als Kleinkind hat sie, wurde sie bewusstlos gefunden, auf der »Kippe« gelegen. Bis sie wieder zu sich kam, ihr Vater vorm Bett kniete und betete, ab da ging es wieder aufwärts. Wer war der Schuldige oder die Schuldigen? Darüber habt ihr nie nachgedacht. Sie weiß es heute, nicht nur heute, sondern schon seit vielen Jahren, als alles so langsam wieder in Erinnerung kam. Die ganzen Jahre hatte sie es verdrängt und so war es gut, sonst hätte sie gar nicht damit leben können. So weit denken sie alle nicht. Nichts geschieht im Inneren, was der Körper nicht außen zeigen würde. Warum hat sie immer am Kleiderärmel herumgekaut, so dass Löcher entstanden, warum lief sie immer bedrückt herum? Weil immer alle auf ihr herumhackten. Später las sie mal einen Ausspruch von Goethe: »Nichts ist drinnen, nichts ist draußen, denn was innen, das ist außen.« Sie wird es einfach nicht los, es sitzt so tief. Ihre Familie, warum ist sie so, oder ist alles vorausbestimmt, von »Oben« angegeben? Wann ist endlich alles vorbei, diese Erinnerungen, die sie heute noch des Nachts erschrecken lassen? Auch hört sie noch oft, als ihr Mann später mal zu ihr sagte, sie mal wieder operiert, eine Allergie gegen Puten hatte, die sie ja aufziehen und versorgen musste, Karpaltunneloperationen hatte: »Du bist ja zu nichts mehr nutze.« Was habe ich getan, hat das denn nie ein Ende, bei mir gibts doch nichts mehr zu holen, heute glaubt sie, das war eben der Knackpunkt.

Aber ihre Schwester löcherte immer weiter, sie merkte gar nicht mal, dass sie über alte Sachen nicht mehr reden wollte und konnte, ihr fiel es schwer. Sie merkte gar nicht mal, wie unsensibel sie wurde und unverschämt, dabei tat sie immer so »sensibel«. Am Telefon meinte sie, ich habe bald ein Jahr lang nachts nicht geschlafen, aber in was für einem Ton, sie noch anprangern. Sie selber meinte nur zu ihr: »Weißt du auch, wie es mir die ganzen Jahre gegangen ist, ich bin das Opfer und nicht der Täter, ich wünsche dir alles Gute«, und legte das Telefon einfach auf. Ende. Nun ist schon seit ein paar Jahren Funkstille. Sie hat es ihr verziehen, aber Freunde werden sie sicher nicht mehr. Man sieht sich manchmal bei Verwandten und versucht, ihr aus dem Weg zu gehen, besser so. Denn einmal muss Schluss sein. Alles fing damit an, dass ihr jüngerer Bruder sie mal besuchte, des Nachts hatte sie wieder ihre Alpträume gehabt. Es kam die Sprache mal wieder auf »früher«. Plötzlich konnte sie nicht mehr, ihr fiel wieder was ein und sie weinte. Ihr Bruder schämte sich, weil gerade ein paar Leute ihren Weg kreuzten. So erzählte er es natürlich den anderen Geschwistern. Ihre Gelassenheit den anderen Geschwistern gegenüber war dahin. Auch die jüngste Schwester bekam es zu hören, sie ist noch die Verständlichste von allen. Nur kränkt es sie, alles wird dann weitererzählt. Sie besuchte sie zu einem Geburtstag, alle waren da, die Schwäger, Brüder mit Frauen. Man bekommt ein empfindliches Gespür und merkte sofort, ihre Schwester hat geplaudert, sie waren alles so anders, keiner sagte was, oder fragte was, alle waren geschockt. Ihre Schwester hatte ihnen alles erzählt. Damit muss sie jetzt leben. Sollen sie doch alle machen, was sie wollen. Sie kommt jetzt zurecht. Viel ist sie draußen in der Natur, gerne fährt sie Fahrrad und lässt sich dabei den Wind um die Ohren wehen. Es tut gut. Und das ist gut so.

»Schuldgefühle abgeben an Gott, vergeben. Alle Last abgeben und Haltung annehmen. Konsequenzen durchziehen, Beziehungen, die einem nicht guttun, abbrechen. Durch Vergebung bekommt man Abstand. So versucht sie jetzt zu leben. –

Es steht mal wieder ein Wohnungswechsel bevor. Das Schlafzimmer zu heiß, das Wohnzimmer zu kalt. Der Nachbar am Flur, dort musste sie ja immer vorbeilaufen, ein Messie, ein Stinker, gut, er kann nichts dafür, er ist krank. Aber nein, es beansprucht zu stark ihre Nerven. Ihre Tochter war inzwischen vom Hof abgezogen, zu ihrem Freund in einen kleinen Ort. Er hatte dort eine Wohnung, seine Pferde, seine Freunde und wollte nicht auf den Hof ziehen. Was ihre Tochter gerne gesehen hätte. Beide berufstätig und keine Zeit, noch nach Feierabend auf dem Hof zu arbeiten. Denn wenn sie dort die Pferde mitgenommen hätten, würde es heißen nach Feierabend Ställe streuen, füttern, Weiden in Ordnung halten usw. usw. Für die Tochter, der Vater lebt ja dort, Haus, kochen, Garten in Ordnung halten. Es ging nicht, man ist ja auch noch ein Mensch. Heute denkt sie, schade, für die Enkelkinder wäre es schön gewesen und für die Tochter auch. Ein eigenes Pferd und Pony für die Kinder. Ihr Schwiegersohn dachte anders darüber. Sie haben sich dann ein Haus gekauft. Alles ist in Ordnung, die Kinder können draußen im Garten spielen, das Pony vom Reiterhof reiten. Eigentlich tut es ihr leid. Der Hof, es wäre doch schön gewesen, der

Wald hinterm Haus, alles ruhig, kein Nachbar, der groß Ärger macht, ja, wenn, wenn, wenn ...!

Es ging auf Messers Schneide. Die Wohnung gekündigt, alles klar, einen neuen Mieter gefunden für ihre Wohnung. Eine neue Wohnung in einer Kleinstadt, nahe ihrer Tochter. Alles war schon geplant, Wohnungsumzug, Helfer, die größtenteils aus ihrer Familie stammten. Ganz spontan sagte ihre jüngste Schwester, wir helfen dir. So ist sie, ihre jüngste Schwester. Sie hat ein gutes Herz. Eine Woche vorher bekam sie Post. Der neue Vermieter schreibt, im ersten Vierteljahr ist kein Einzug möglich, Rohrwasserbruch. Holland in Not, was machen? So schnell eine neue Wohnung finden, unmöglich. Eine Freundin, die ein großes Haus hatte, sagte: »Du kannst so lange bei mir wohnen, bis eine neue Wohnung in Sicht ist.« Ein Bekannter wollte seine Garage für ihre Möbel zur Verfügung stellen, eine Bekannte ihre Scheune, sie dachte aber, da sind doch Mäuse. Sie hätte laut Tochter sogar noch einmal auf dem Hof wohnen können, deren Mieter die Wohnung verlassen mussten. Aber sie hatte einen guten Schutzengel, konnte den festgesetzten Termin für den Auszug einhalten. Hatte ja noch mal schnell inseriert. Es meldete sich eine Frau, ihre Wohnung war frei, in dem Ort, wo ihre Tochter wohnte. »Die schickt mir der Herrgott«, meinte sie zu ihrer Tochter. Schnell die Tochter angerufen: »Kannst du mit mir dahin fahren?« Am gleichen Tag hatte sie die Wohnung, die sie sofort beziehen konnte. Ihre Tochter meinte dann später mal: »Du hast dagestanden mit großen unglaubwürdigen Augen.« »Ja«, meinte sie. »Habe gedacht, ein Schutzengel steht vor mir.« Ein paar Tage später zog sie ein. Ob es das letzte Domizil ist, weiß sie noch nicht. So schnell wieder umziehen wollte sie auch nicht. Zu ihrer Tochter sagte sie, es sind zwar 19 Stufen bis oben, wenn ich fit bleibe, schaffe ich es, wenn nicht, ist es ja auch egal, ob ich im ersten Stock oder unten in der ersten Etage sitzen muss.

Wo sie eine Wohnung hat, ist sie zu Hause. Vier Wochen später war sie eingerichtet.

Ihre Leidenschaft ist Fahrradfahren. So fuhr sie jeden Tag, der Sommer hatte ja auch erst angefangen, mit dem Fahrrad und erkundete alle kleinen Dörfer und Städte in ihrer Nähe. Abends war sie kaputt und konnte des Nachts gut schlafen. Die Tochter in ihrer Nähe zu wissen, hin und wieder Babysitting machen, gab ihr genug, mehr brauchte sie eigentlich nicht. Es war alles eine aufregende Zeit. Ruhe und Abstand von allem gewinnen, da lag ihr viel dran. Ob es klappt, sie hofft es. –

Zwei Freundinnen aus dem Ort, wo sie elf Jahre gelebt hatte, besuchten sie des Öfteren oder sie fuhr in die alte Heimat. Eine Freundin aus dem Ort, wo sie 18 Jahre gewohnt hat, besucht sie auch hin und wieder, dafür telefoniert sie gern und lang. Heute wird sie hin und wieder eingespannt. Das zweite Kind ihrer Tochter ist da. Sie tut es gerne, mal aufpassen, mit ihnen spielen. Zwei Opas und eine Oma sind ja auch noch da. Ihre Tochter hat sie alle eingespannt. Ja, sie versteht es, alle zufrieden zu stellen. Die Patentante nicht zu vergessen. Zu Anfang beim ersten Kind kam es schon bald zum Konkurrenzkampf. Alle wollten helfen und jeder wollte es besser können. So meinte mal die Mutter ihres Schwiegersohnes: »Ich war mal Krankenschwester.« Damit wollte sie wohl sagen, ich kann es besser. Ihr lag es auf der Zunge, dann doch lieber verkniffen zu sagen: »Ich war ein Jahr in der Landesfrauenklinik in Bochum, musste ein viertel Jahr jeden Morgen 21 bis 25 Babys wickeln. Habe geholfen, drei Kinder auf die Welt zu holen, ein viertel Jahr Krebsstation und ein halbes Jahr Krankenpflegestation.« Ihre Tochter muss es wissen und soll es so machen wie sie es für richtig hält. Zur Taufe des ersten Kindes wurde bei den Eltern des Schwiegersohnes ein bisschen gefeiert. Ihr Ex-Mann war auch dabei, der sie am liebsten verwunschen hätte, denn sie kannte ihn ja wohl. Er gönnte es ihr nicht, auch dabei zu sein. So meinte er, als die Tochter so alt war, habe er dafür gesorgt, dass sie getauft wird. Er hätte alle Hebel dafür in Bewegung gesetzt. Sie wollte keinen Ärger, so hat sie nicht darauf geantwortet. Er hatte nie mit Gott und Kirche was am Hut, jetzt tat er so, als ob. Dabei hatte sie es gewollt und alles geregelt. Ihre Freundin sagte zu ihr: »Du hättest aufstehen und nach Hause gehen müssen.« Sie sah es ihrer Tochter an, denn sie hatte es ihr mal erzählt, schaute ganz betreten nach unten. An so einem Tag noch Ärger anfangen, nein, das konnte und wollte sie nicht. Vor den Augen ihrer Tochter als Lügnerin dahingestellt zu werden, es tat weh. Aber so war er schon immer, ihr was kaputtmachen. Von ihm bekommt sie ja den Hof, sie kann ihr so was nicht bieten. Sie hat ja ihr ganzes Geld in den Hof gesteckt, ihre Aussteuer, den Bausparvertrag, den verkauften Holzstall der Pferde. Ihm das Geld gegeben von den verkauften Pferden, die sie gezüchtet hatte. Wie Gier nach Geld doch einen Menschen prägen kann. Wie es weiter läuft, weiß sie noch nicht. Mittlerweile wird es ihm so ganz alleine auf dem Hof nicht ganz so geheuer sein. Tochter und Schwiegersohn wollen dort nicht hinziehen. So wird er wohl eines Tages zur Tochter ziehen. Ein Plus hat er doch. Junge Leute müssen sich alleine zurechtfinden, sie will sich da nicht einmischen.

Ein Traum, den sie des Nachts hatte, einen Tag vor der Hochzeit ihrer Tochter: Sie steht mit ihrem Ex-Mann in der Flughafenhalle, sie sagt zu ihm: »Komm, es wird Zeit, wir müssen gehen, sonst verpassen wir das Flugzeug.« Er aber mit jemandem dasteht und labert und labert. »Wir kommen zu spät, nun komm doch endlich.« Aber das Flugzeug war ohne sie beide abgeflogen. Ihre Tochter war an der Ostsee mit der Kleinen in Kur, für sechs Wochen. Sie hatte mit ihrem Partner abgemacht, dass sie heimlich heiraten würden. Als sie dann wieder zu Hause waren und ihr die Bilder zeigten vom Urlaub: »Ach«, meinte sie, »das ist aber ein schönes Bild, da möchte ich wohl einen Abzug von.«

»Ja«, meinte die Tochter, »da haben wir gerade geheiratet.« So wurden alle vor vollendete Tatsachen gestellt. –

In ihrer Ehe hatte sie einen Traum, der sie über Jahre verfolgte und sie dann immer wieder erschrocken aufwachte. Ein riesengroßer Grizzlybär lief hinter ihr her und wollte sie einholen, sie flüchtete, konnte sich aber immer schnell retten. Oder ein wütender beißender Hund. Er war wieder da, wo sollte sie hin, er biss schon die untere Kante der verschlossenen Tür ab, bald hat er es geschafft, sie aber auf den Balken flüchten konnte, dort stand eine lange Leiter, sie zog sie schnell hinauf, ihre Freundin dort stand und schnell die Balkenklappe zumachte, sie sagte: »So, nun ist Ruhe!« Ab da hatte sie diesen Traum nicht mehr. Ihre Freundin war ihr Retter. –

Ihre Enkelin: »Oma, wer ist das auf dem Bild?«

»Die Oma hat dort ein Bild hängen von Sissi.« Die Enkelin hat gerade ihre Prinzessinnenphase. »Ja, das war mal eine Prinzessin von Bayern, die dann den Kaiser von Österreich geheiratet hat, der vorher ein Prinz war. Sie hieß eigentlich Elisabeth, aber weil der Name so lang war, nannte man sie ganz einfach Sissi. Sie wurde auch noch Königin von Ungarn.«

»Oh, was hat die für ein schönes Kleid an. Oma, schenkst du mir mal das Bild?«

»Aber klar.«

»So schöne Kleider möchte ich auch haben.« –

Ihre Tochter:

»Alles würde ich ihr geben, sogar mein Herz.« Das hatte sie ihr auch mal gesagt, als die Sprache auf Organspende kam. So schnell würde sie nicht ihre Niere hergeben oder spenden. Aber wenn du sie mal brauchen würdest, gäb es kein Überlegen. Mütter und Töchter sind sich nicht immer einig. Sie haben sie großgezogen, erzogen, beraten, zurechtgewiesen, was die Kinder ja gar nicht gerne wollen. Wie oft sehen sie, jetzt läuft was schief, geben ihnen einen Rat, einen Tipp, sie wollen es einfach nicht hören. Trotzdem, sie will immer für sie da sein. Heute ist sie schon lange verheiratet, hat zwei allerliebste Kinder, ihre Enkelkinder. Was ist das für ein Glücksgefühl, sie in den Arm gelegt zu bekommen, wenn sie gerade erst geboren sind. Sich mit ihnen zu befassen, auf sie aufpassen zu dürfen, mit ihnen spielen. Wie viel entdeckt sie von ihrer Tochter, als sie so alt war, in ihnen. Es ist eine wunderbare Zeit. So was muss man erleben, sonst kann man nie wissen, wie es sich anfühlt. Der erste Kuss, die erste Liebe, nichts kann so groß sein wie dieses Erleben mit den eigenen Enkelkindern. Sie liebt sie sehr. –

Ihre vierjährige Enkelin, die beim Stillen ihres kleinen Bruders zuschaute: »Mama, wenn ich mal groß bin, heirate ich auch, drei Kinder möchte ich haben. Aber ich weiß nicht, wie ich das machen soll, ich habe doch nur zwei Brüste.«

So machte sie sich schon ihre Gedanken darüber.

– – –

Vom Turnverein eine Fahrt nach Hamburg. Stadtbesichtigung, abends bummeln über die Reeperbahn usw. Alle gingen in eine richtige Hafenkneipe. Dort fing ein Matrose an, mit ihr zu schäkern. Kurze Zeit später erschienen zwei junge Herren, die auch im Bus saßen, aus ihrem Nachbarort kamen. Sie merkte wohl, der eine interessierte sich schon eine ganze Weile und gab sich große Mühe sie kennenzulernen. Ganz abgeneigt war sie auch nicht, denn er sah ganz gut aus. So kam er dann, als sie wieder zu Hause waren, und besuchte sie, denn er wusste, nach dem Sport gingen sie immer zu ihrer Freundin, die dort eine Gaststätte hatte und tranken eine Coca-Cola. In dem Raum stand auch ein Klavier. Er setzte sich ans Klavier und fing an zu spielen, er spielte und spielte, von Klassik bis Moderne. Sie war ganz hin und weg. Sie liebte ja Klavierspielen, selber konnte sie ja auch ein bisschen, was sie sich selber so beigebracht hatte. Gerne hätte sie Klavierunterricht gehabt, aber die Mutter erlaubte es nicht. Sie verliebte sich in ihn, oder war es nur sein Klavierspielen, die Musik? Lange ging es nicht gut und sie sagte ihm: »Es geht nicht, ich habe keine Zeit mehr.« Er meinte: »Ja, aber du hast doch gesagt ...« Sie sagte: »Ja, es war so, aber nur weil du so gut Klavier spielen konntest, ich habe mich in dein Klavierspielen verliebt.« Er lächelte und war traurig. Dann sah sie ihn nie wieder. –

Selbst in ihrem neuen Zuhause kommen diese Alpträume des Öfteren und lassen sie nicht in Ruhe. Sie weiß, sie muss verzeihen können, sonst kommt sie nie zur Ruhe.

»Bitte, lieber Gott hilf, verzeih ihm, damit seine Seele Ruhe findet und helf mir besser damit fertig zu werden, lass seine Seele nicht in der Hölle schmoren.« Man erschreckt vor sich selber, Wut, schlechte Gedanken, ich könnte ihn umbringen, wenn er noch leben würde, mit dem Schrotgewehr ins Gesicht schießen. Verzeih auch den anderen, die davon gewusst haben, nicht geholfen haben, die es hätten ändern können.

Zu ihrem Ort wird eine Pilgerreise angeboten, eine Dame hat abgesagt, sie kann für sie einspringen. Es geht nach »Medjugorje« in Bosnien-Herzegowina. Schon seit 1981, dem Tag der ersten Erscheinung, reisen zigtausende Pilger jeden Tag zu diesem Ort. Man hört sonderbare Dinge, die dort geschehen, nicht nur der der glaubt erfährt es und reist immer wieder dorthin.

## »Medjugorje«

Jahrelang war es ein Wunsch von ihr, einmal nach Medjugorje zu pilgern. Nun hat sie sich dazu aufgerungen endlich zu fahren. Ihr Geld, was sie eigentlich für eine Fahrradbatterie gespart hatte, ging dabei drauf, sie gab langsam ihren Geist auf und wurde zu schwach, brachte nicht mehr die Reichweite mit, die sie eigentlich haben wollte. Also auf ein Neues, es heißt wieder sparen, sparen. Sie brauchte doch das Fahrrad, wenn es mal schnell irgendwohin gehen sollte. Auch das alte Fahrrad fuhr sie, das ohne Batterie, denn ein bisschen sportlich wollte sie schon bleiben. Aber das E-Bike ist sooo schön bequem und schnell, es macht richtig Spaß. Nun ging es endlich los, fast vor der Haustür. Dreißig Personen waren es. Der Pfarrer fuhr auch mit, er ist ein außergewöhnlicher Mensch, der ihr sehr zusagte. Er verfügte über ein enormes Wissen. Nicht nur von Kirche und Glauben. Er konnte allen Gott so nahe bringen, so hatte sie es noch nie gehört. Dann kam noch ein Bruder-Diakon mit. Beide standen während der Zeit den Pilgern, wenn sie wollten, für Gespräche oder Beichte bereit. Mit dem Bus ging es bis Do – dann der Flug – Split–Kroatien. Über München, Salzburg–Split. Weiter mit dem Bus an der Adria entlang. Wunderschönes Wetter empfing alle Reisenden. Mediterranes Klima, Palmen, türkisfarbenes Meer – Kroatien. Dauer: drei Stunden Busfahrt bis Bosnien-Herzegowina. Die Berge, so wie es in den südlichen Ländern ist, alle kahl, nur Sträucher, arme Gegend, sehr steinig überall. Aber das Land, was mühselig beackert wurde, die Steine natürlich entfernt, ist sehr gut und fruchtbar. Es braucht angeblich keinen Dünger, zwei Ernten. Die Mutter Gottes hat sich schon was dabei gedacht, diesen Ort zu wählen. Die Leute dort sind sehr arm und genügsam. Morgens um sieben Uhr ab dem Wohnort, halb vier Uhr in Split. Die meiste Zeit ging mit Warten am Flugplatz dahin. Endlich angekommen in Medjugorje. Ihre Pilgergruppe hatte dort ein kleines Hotel oder eine Pension, alles sehr ordentlich und sauber, schon seit Jahren immer gebucht. Denn viele der Gruppe waren schon des Öfteren da. Manche schon sieben bis zwölf Mal. Einer aus dem Ort das 51. Mal. Man glaubt es kaum, aber es ist wahr. Er erzählte mal, ihm wurde dort geholfen. Selbst Ärzte haben ihm gesagt, alles sei gut. Ab da fuhr er immer wieder hin und nahm Spendengelder mit, die für die Armen gedacht sind, und gab sie an der richtigen Stelle ab. Denn die meisten Geldspenden versickern sonst im Sande, es wird dann so lange gesiebt, bis am Ende nur noch wenig übrig bleibt für die, die es eigentlich brauchen. Darum, er kennt sich gut aus und die Spenden kommen nun da an, wo sie hingehören. Sogar die Pensionschefin ist eine Cousine von einer »Seherin«. Sie war ein paar Jahre in Deutschland, sprach sehr gut Deutsch. Ein kleines Familienhotel nannte sie nun ihr eigen, nebenbei arbeitet sie auch noch als Krankenschwester bei den Maltesern. Alle hatten dort Vollpension und das Essen war sehr gut. Gerade angekommen wurden die Zimmer belegt und schon ging es los. Ein bisschen laufen und sie waren am Hauptplatz, Kirche und Vorplatz. Jeden Tag wurde eine Messe gefeiert, Morgenlob, Rosenkranz gebetet, Gespräche. Viele Menschen von überall, viele Japaner, man staunt. Iren, viele, viele Italiener, Amerikaner, Chinesen. Die ganze Welt ist dort immer zugegen. Es muss schon was dran sein, dachte sie. An einem Tag ging es zum Erscheinungsberg. Die ganze Gegend dort ist sehr, sehr steinig. Der Berg lief circa 500 Meter hoch, dort oben ist die Mutter Gottes 1981 am 26.6. den Kindern erschienen und kommt, so wie gesagt wird, jeden Tag noch zu der einen »Mirjana« und gibt ihre Botschaften ab. Was ihr sehr am Herzen liegt, um die Hauptbotschaften an die Welt und die Menschen weiterzugeben. Immer heißen sie: »Friede, Glaube, Umkehr, Gebet und Fasten, Helfen und die Versöhnung mit Gott. Nun pilgern schon seit 34 Jahren Menschen aus der ganzen Welt nach »Medjugorje«. In den ersten 20 Jahren mehr als 20 Millionen und der Pilgerstrom nimmt auch heute nicht ab. Fast jeder, der da war, hat seine Erfahrung gemacht. Auch aus der Gruppe, wo sie mitfuhr, waren interessante Erzählungen zu hören. Selbst unser Pfarrer, sehr sportlich, gerade erst 60 geworden, musste jeden Tag einmal »oben« gewesen sein. Der Weg ist ganz schön beschwerlich, es ist nicht nur ein einfaches Hinauflaufen, Steigen hieß es, über dicke Felsen, Stein an Stein, manche Steine 40 bis 50 cm hoch und dick, große Zwischenräume, manche blieben mit ihren Schuhen hängen und kamen alleine nicht raus. Eine »Eifrige« aus ihrer Gruppe, 75 Jahre, wollte es allen noch zeigen, sie wollte immer die Erste sein, fiel hin und hatte das Knie kaputt, es musste genäht werden. Anderen wurde geholfen, ihre Füße aus den Schuhen zu bekommen. Also, nicht ganz so einfach. Oben angekommen war es schön und alle wollten gleich am nächsten Tag wieder rauf. Große Stille herrschte an der Statue der Mutter Gottes. Jeder ging so seinen Gedanken nach, viele beteten. Ein schöner Kreuzweg führte hoch oben zum Kreuzberg. Unten ein Platz im Bereich der »Statue der Auferstandenen«, circa vier bis fünf Meter hoch, ganz aus Bronze, ein italienischer Künstler wurde beauftragt sie anzufertigen, aber erst Jahre später, circa 2004, nach der Erscheinung. Vielleicht haben sie sich gedacht, Maria wird hier sehr verehrt, ist auch gut so, wo bleibt Jesus? Er ist doch der Erlöser der Menschen. Gut und schön. Es hatte sich herausgestellt, nach einiger Zeit kamen aus dem Knie der Statue kleine Tropfen Wasser, die immerzu laufen, nicht versiegen. Erfahrene Wissenschaftler untersuchten dieses Phänomen von unten bis oben. Da die Statue auf festem

Untergrund steht und keine Zufuhr von Wasser oder dergleichen haben kann, sind alle am Rätseln und Untersuchen, woher, wie kann, irgendwo, irgendwas, ja wenn man wüsste. Es ist aber so, fahren sie selber hin und schauen sie sich das an. Tausende strömen jeden Tag dorthin. So saß sie auch am vorletzten Tag dort, hatte meditiert, nachgedacht, gebetet, geglaubt, gezweifelt. Es war ein warmer schöner Tag, blauer Himmel, nur ein paar kleinere Wolken zeigten sich am Himmel. Viele Menschen waren da, fingen mit Tüchern, eigenen Schals und Taschen und Rosenkränzen, berührten damit die Tropfen, die aus dem Knie kamen, mit den Händen, segneten sich. So geht es den ganzen Tag über, Stunde um Stunde. Lange Schlangen von Menschen, die darauf warteten, ein paar Tropfen von diesem Wasser abzubekommen, nur einmal berühren.

Sie stand auch da, in der langen Schlange, eine ganze Stunde wartete sie schon. Vor ihr zwei Frauen, die je zwei große Tüten, gefüllt mit Rosenkränzen und etlichen Tüchern, dabeihatten. Alles wurde ans Knie gehalten, um die Tropfen zu berühren, es nahm kein Ende. Dann kamen noch zwei Frauen mit zwei großen Tüten voller Rosenkränze, sie hatten sich vorgedrängt. Langsam wurde es ihr zu bunt, die große Menge an Sachen, die sie noch bei sich trugen, um sie alle noch an das Knie der Statue zu halten, um es zu benetzen, hätte noch eine Stunde gedauert, ehe sie dran war. Sie drehte sich um und meinte: »Ist es nicht ein bisschen unverschämt.« »Ja«, sagte die Frau. Dann kamen zwei Männer, die auf der Bank saßen und meinten, es waren Italiener, es ist nicht korrekt, nicht korrekt Endlich war sie dran, aber sie merkte, die eine Frau hatte es auf ihre Tasche abgesehen. Nur sie kamen ihr irgendwie bekannt vor. Sie lungerten an diversen Stellen des großen Platzes und suchten Leute aus, um sie zu berauben. In der Kirche wurde davor gewarnt. Sie hatte ihre Tasche aber um den Bauch gehangen und immer gut im Blick. Das nur nebenbei. Es war ein Kommen und Gehen. Sie saß in einer stillen Ecke des Platzes, der gut gefüllt war. Schaute in die Sonne, was sie sonst eigentlich nicht konnte, weil sie ja sonst blendet. Aber dort hing ihr Blick völlig fest, denn hinter der Sonne war noch eine Sonne, nur größer, goldener, strahlender, glutvoller. Eine Spirale aus Gold, die sich immerzu drehte und drehte, als wenn der darüberliegende Himmel sich öffnete. Glutvolle Strahlen fielen zur Erde, unten auf der Erde nur Glut. Glut, als wenn der ganze Berg brannte. Sie kam aus dem Staunen nicht heraus. Dann diese großen Blasen, die plötzlich hinter der Wolke hervorkamen. Die vor der Sonne tanzten, weiterzogen und sich verbreiteten, ohne zu zerplatzen. In den wunderschönen dezenten Farben, auf der einen Seite durchsichtig, auf der anderen Seite lindgrün, zartes Gelb, rosa, violett, lila und blau, sie hätte glauben können, dort oben steht einer mit dem Pustefix und bläst die schönsten Luftblasen, die aber nicht zerplatzen. Alles rief, sie sah es ja nicht alleine: »Seht da oben, guckt mal, guckt mal, wie wunderschön.«

Viele knieten nieder und riefen: »Maria, Maria!« Manche beteten laut. Junge Leute holten ihr Handy und fotografierten dieses Phänomen. Selber saß sie da, ganz sprachlos. Es war schon sonderbar, wunderbar, rätselhaft. Denn es war halb sechs Uhr abends, es wird gesagt, die Mutter Gottes, die ja jeden Tag irgendwo »Iwanko« erscheint, besucht sie um 18.40 Uhr.

Aber sie dachte, wegen der Zeitverschiebung?! Vielleicht ist sie gerade bei ihr! Dann auf einmal wie abgewischt, war alles vorbei. Es wurde ganz still, die Leute gingen weiter, nachdenklich, in sich gekehrt. So wurden weiter die Tropfen aufgefangen vom Knie des Gekreuzigten. Sie saß da noch eine ganze Weile, nachdenklich, alles noch nicht so ganz sich erklären zu können, einfach »baff«. So haben viele Menschen ein Erlebnis. Es ist schon sonderbar, fast nicht zu glauben. Sie mochte es auch erst gar nicht erzählen. Denn schnell wird man als Spinnerin angesehen. Viele Menschen stellen fest, wenn sie wieder zu Hause sind, der Arzt ihnen sagt, er ihnen erklärt: »Es ist alles im grünen Bereich, nichts mehr zu sehen, alles in Ordnung.« Von ihren Beschwerden befreit, ja, was ist dann?«

Oder Glaube versetzt Berge. Viele wollen es einfach nicht wahrhaben, dass egal, was sie gesehen, erlebt oder gespürt haben, es doch noch etwas gibt, auch wenn sie es nicht sehen oder anfassen können, – eine höhere »Instanz«. »Er« wird sicher darüber lächeln und sagen, eines Tages ist es so weit, für jeden von euch, dann werdet ihr mich erkennen.

Auf der Busfahrt nach Hause wollte sie alleine sein. Sie setzte sich in die hinterste Ecke im Bus, um nachdenken zu können. Sie merkte schon, der Pastor wollte mit ihr reden, denn sie hatte es ein paar Leuten erzählt, was geschehen war und was sie gesehen hatte. Er ging von Sitz zu Sitz und redete mit jedem ein paar Worte. Ja, so ist unser Pastor, er hat immer ein offenes Ohr. Bis er dann schließlich vor ihr stand. Sie schaute ihn an und zog die Schultern hoch, er merkte, sie will nicht. Gerade war sie nicht so gut drauf. Die Ereignisse musste sie erst einmal sacken lassen und verdauen. Heute tut es ihr leid, den Pastor so abgekanzelt zu haben. Sie dachte, bald finde ich den Zeitpunkt, um mich zu entschuldigen und ihm zu sagen, wie leid es mir tut. Immer noch muss sie an dieses Erlebnis, Naturschauspiel zurückdenken, einfach sonderbar, wunderbar. Einmal möchte sie doch noch gerne nach Medjugorje. Vielleicht erlebt sie es ja noch einmal. –

Nun sind schon Wochen vergangen und sie denkt immer noch an dieses Erlebnis – Medjugorje. Langsam wurde ihr bewusst, es ist was ganz Besonderes gewesen. Sie konnte doch sonst nicht so lange in die Sonne schauen. Aber hinter der Sonne dieses große, goldene, strahlende, glühende

Loch am Himmel, das sich wie eine Spirale drehte und drehte. Wieso kann sie so lange, ohne mit der Wimper zu zucken, in die Sonne blicken. Es kam ganz sachte, langsam, nicht mit einem »Wow ... guck mal«, nein, es bringt einen ganz langsam dahin, man kommt selber nicht einmal dahinter, zu dem Punkt, wo man glaubt, da ist etwas Schönes, seltenes, außergewöhnliches, phänomenales. Vier Monate später waren schon wieder zwei aus ihrer Gruppe zum Weltjugendtag. 50.000 Jugendliche erlebten Medjugorje. Sie fängt wieder an zu sparen, aber erst sind da noch ihre Zähne und dann braucht sie eine neue Fahrradbatterie! Oder fährt sie doch erst noch mal?! –

Auf einer Pilgerreise unterhielt sie sich mit einem älteren sympathischen Herrn über ihre Erlebnisse. Später meinte der Pastor zu ihr, der es wohl gesehen hatte, »er« ist verheiratet, sie wusste sofort, was er damit meinte und dachte nur, ich bin enttäuscht. »Wie können Sie annehmen, ich würde noch in meinem Alter von 76 Jahren auf Männerjagd sein.« Ohne irgendwelche Hintergedanken wollte sie doch nur reden. Sie war enttäuscht und glaubte, er wüsste es wohl besser. Denn sie findet, es ist doch alles ein Affentheater mit anzusehen, wenn alte Frauen noch hinter Männern herhächeln. Es lag ihr fern. –

Noch eine kleine Tiergeschichte:
   Auf dem Bauernhof, wo sie fast 20 Jahre gelebt hatte, sie auf ihre Tochter aufpassen musste, denn sie konnte nicht in der einsamen Gegend alleine zu Hause sein. Ihr Mann kam ja erst spätabends gegen elf Uhr nach Hause. Also saß sie im Winter abends am Kamin und las ihre Tageszeitung. Sie entdeckte ein kleines Mäuschen, das seitwärts am Kamin im Holzfach saß und sich putzte und sie mit großen Augen ansah. »Ach, schau an, was ein süßes Mäuschen.«

Jedes Mal, wenn sie die Zeitung umblätterte, verschwand es schnell unter dem Holz. Denn es führte ein Luftloch nach draußen, was offen war. Sie las weiter, da war es wieder, saß auf den Hinterbeinen und putzte sich wieder, die Öhrchen, das Schnäuzchen, so ging das Spiel weiter, bis sie die Zeitung durchhatte, sich ein Buch nahm und weiterlas. Dem Mäuschen gefiel es wohl, denn es war schön warm dort. So geschah es dann jeden Abend, das kleine Mäuschen ließ es sich gut gehen. Bis sie es ihrem Mann erzählte. Das Spiel war vorbei, er nahm einen Draht und verschloss damit das Luftloch. Sie hat es nie wieder gesehen. –

Ihre Mutter sagte ihr mal: »Du konntest mit neun Monaten schon laufen und unter dem Tisch herspazieren.« Sie dachte später mal darüber nach und glaubte, der Überlebenswille und der Kampf weiter zu leben, leben zu wollen, saß einfach schon damals sehr früh ganz fest in ihr. So manch einer, glaubt sie, hätte es nicht überstanden, was sie alles erlebt hat. –

Sie ging noch nicht zur Schule, schaute immer zu, wenn ihre Halbschwester oder ihr Halbbruder Klavier spielten. Musik fand sie einfach gut und hörte zu, hörte die Lieder, es lag ihr einfach im Blut. Sobald ihre Geschwister fertig waren, stand sie davor und spielte die Lieder nach Gehör nach. Zwei bis drei Jahre später konnte sie viele Lieder spielen, alle, die sie kannte und in der Schule hörte, nach Gehör nachspielen. Ihre Freundin nahm auch Klavierunterricht, sie schaute hin und wieder zu. Gerne hätte auch sie Klavierunterricht gehabt, aber die Mutter war nicht damit einverstanden. So sagte ihre Freundin zur Klavierlehrerin: »Lass sie spielen.« Sie spielte, was ihr gerade so einfiel. Darum spielte die Klavierlehrerin ein wunderbares klassisches Stück, die Begeisterung war groß. Ein paar Tage später besuchte die Lehrerin ihre Mutter, sie hörte sie sagen, so ein Talent darf man nicht ruhen lassen. Das hörte auch ihr Halbbruder. So ging er am anderen Tag zum Klavier mit einem Schraubenzieher und verstimmte alle Töne und Tasten des Klaviers. Sie konnte nicht mehr spielen, es hörte sich nicht mehr gut an. Sie sagte noch zu ihm, du machst ja alles kaputt, er grinste nur. Sie lief zur Mutter und erzählte es, obwohl sie es ja hörte, sagte sie nichts. Ganz traurig fand sie es, alles Betteln half nichts mehr. Wer von der Abhängigkeit gefangen wird, ist Opfer. –

Zu ihren Träumen:
Zwei Nächte vor ihrer Hüft-OP. Auf einem Waldweg, wo sie spazieren ging, sich umdrehte und zwei Wölfe sah, die hinter ihr herliefen. Der eine, schon ein älterer Wolf, hielt den Kopf nach unten und ein jüngerer Wolf schauten sie an. Eine Stimme rief: »Lauf weg, lauf weg.« Sie blieb aber ganz ruhig und sagte: »Die tun mir nichts, ich habe keine Angst.« Wollte der Traum sagen, lass keine OP machen. Die OP war eigentlich ganz gut verlaufen, nur seitdem war ihr linkes Bein ein Stück kürzer und brauchte ab da eine Schuherhöhung. Wenn sie nicht gegangen wäre, wäre es anders verlaufen? Sie spürte auch, jemand hat für sie gebetet, denn 14 Tage vor der OP hörten die Schmerzen auf. Heute ärgert sie sich noch darüber, wäre sie doch bloß nicht gegangen! Alles ist gut verheilt. Danach war schon wieder etwas anderes!

Beim Hausumzug ihrer Tochter wollte die Oma doch gerne helfen. Sie putzte die Fenster. War schon fertig, die große Leiter beiseite gestellt, sah sie noch einen Streifen am Fenster, der musste noch weg. Nahm das Plastikstühlchen der kleinen Enkelin, nahm den Arm hoch, zack, das Beinchen war abgebrochen, und zack, lag die Oma auf dem Boden. Der Kommentar ihrer Enkelin: »Blöde Oma, mein Stühlchen kaputtmachen.« Es tat höllisch weh, sie zog sich einen drei Seiten schweren Muskelfaserriss zu. Monate dauerte es, bis es einigermaßen wieder ging. –

Ihre Cousine Gerda hatte zum 80. Geburtstag eingeladen, so sah es aus, vital, weltoffen, man glaubte es kaum, 80 Jahre! Einmal wollte sie noch mit ihren Verwandten so richtig feiern. Sie wohnte in San Franzisco und kam mit ihrem Lebensgefährten per Flug nach Deutschland. Als ihr Mann vor vier Jahren krank in der Klinik lag und sie ihn jeden Tag besuchte, war dort ein Mann, der auch jeden Tag seine Frau besuchte, der es auch sehr schlecht ging. So trafen sie sich jeden Tag auf dem Klinikgang und sprachen miteinander. Jeder konnte den anderen verstehen. Es kam dazu, ihr Mann starb, am anderen Tag die Frau. Sie blieben zusammen, hatten sich sogar noch einmal verliebt. Ja, das gibt es auch! Es war eine schöne Geburtstagsfeier, 80 Jahre ist ja schon was. Genau acht Tage später ging morgens das Telefon. Ihre jüngere Schwester rief an, etwas lag in ihrer Stimme. Die Geburtstagsfeier war sehr schön, gut, jeder konnte noch kommen. Ja! Gerda ist letzte Nacht im Hotel in Hamburg gestorben. Ihr Lebensgefährte war bei ihr. Es ging sehr schnell. Eigentlich wollten sie am anderen Morgen ein Flugzeug nach London nehmen und dann weiter mit dem Schiff zurück nach Amerika. Ihre Cousine hat immer davon gesprochen: »Wenn ich tot bin, möchte ich eine Seebestattung haben.« Im nächsten Jahr ist ein Cousinentreffen bei ihrer jüngsten Schwester eingeplant. Schade, Cousine Gerda kann nicht mehr dabei sein. Ein Jahr vorher hatte man Leukämie bei ihr festgestellt, ein neues Medikament ausprobiert, was auch gut angeschlagen hatte. Aber die Chemo und die Bestrahlung hatten ihr Herz wohl zu sehr angegriffen. –

Ja, so ist »sie«, unmöglich!

So hatte es auch ein Jugendfreund von ihr mal gesagt, als sie nach dem Reiten im Sommer stark geschwitzt hatten und der große Durst sie plagte. »Hol mal was zu trinken.« Sie lief ins Haus und holte zwei kleine Flaschen Apfelschorle. Sie trank, in einem langen Zug war die Flasche leer. Er nahm ganz vornehm Schlückchen für Schlückchen und meinte dann zu ihr: »Du bist unmöglich.« So ist das, wenn man richtig Durst hat! – Jahre später, sie hoffte heute noch, ihr letztes Domizil, »zu Hause«. Eine Bekannte hatte eingeladen zum Zwiebelkuchenessen. Kochen und backen kann sie gut, die liebe Frau. Der Zwiebelkuchen schmeckte phantastisch und so aß sie, ja gut, sie waren nicht allzu groß die Stücke und sie hatte Mittags extra weniger gegessen, drei normale Stücke von dem leckeren Zwiebelkuchen. Es gab auch Federweißer dazu, muss einfach so sein. Ihr Magen war schon ein paar Tage nicht so gut drauf. Es fing schon an zu kneifen und zu rumoren. Um elf Uhr ging sie nach Hause, spät genug. Zehn Minuten Weg. Aber dann, es war dunkel, nur zwei Straßenlaternen ließen den Weg erkennen. Ihr Bauch blähte und blähte sich auf, es wollte einfach nicht nach unten rutschen. Die Straße war menschenleer, jetzt, jetzt meldete sich der Wind und wollte raus und sie ließ ihm freien Lauf, es wollte gar nicht aufhören zu radauen. Sie konnte auch nichts mehr zurückhalten, dann war es endlich vorbei, die Luft war raus, was für eine Erleichterung, denn es hatte ganz schön gekniffen. Genau da, wo der Pastor einmal gewohnt hatte, sie schaute und dachte noch so, wie schade, er ist fort, gerade der, er ist ja ein richtiger Missionar, der alles über den Glauben und Jesus, Gott Vater, einem so nahe bringen konnte. Aber für diesen Ort war er auch einfach zu schade. Außer ein paar treuen Anhängern, sie bleiben. Sie schaute, ach, da steht ja sein Wagen, und wer kam da um die Ecke geschlichen. O weh, »er«! Oh, mein Gott, er hat es sicher gehört, den unmöglichen Schall in der Abendstunde, was schämte sie sich. Es war nichts mehr gutzumachen. Diesmal denkt er auch sicher, es ist ja unmöglich. Noch ein paar Wochen lang ging es ihr nicht aus dem Kopf. Es ist wieder ein Glaubenstag angesagt, den wollte sie doch besuchen. Sie will sich ganz hinten in der

Kirche aufhalten und zuhören. Hoffentlich sieht er sie nicht und erinnert sich daran. Was für eine Blamage. Aber eigentlich ist es ganz menschlich. Heute war der Tag. Es ging schon um elf Uhr los und sollte bis vier Uhr dauern. Sie stand schon auf der Türschwelle. Gehe ich oder gehe ich nicht? Ach, sie will sich ganz hinten in die Kirche setzen, nur zuhören, nein, es geht nicht, sie kann nicht gehen. Was soll er nur denken, wenn er sie sieht. So ging es ein paarmal hin und her. Nein, sie hatte nicht den Mut, also blieb sie zu Hause. Sie musste aber ihren Frust loswerden, sie setzte sich aufs Fahrrad und strampelte, diesmal aber nahm sie nicht ihr Pedelek, 50 km. Als sie wieder zu Hause war, ging es ihr schon ein bisschen besser. Nun ist die Zeit um und der Tag vorüber. Ab jetzt wollte sie andere Maßnahmen setzen. Ganz gleich wie. –

Dann wieder zum Arzt, Blutuntersuchung, eine Allergie ist es nicht, eine Unverträglichkeit. So geht es nun schon ein paar Monate und der Übeltäter ist noch nicht gefunden. Immer dieses Luftschlucken, abends hat sie einen ganz dicken Leib. Jetzt muss sie schon den Zahnersatz in Raten abstottern, keine Hilfe mit dem Zahnersatz. Also heißt es weiterforschen, wo liegt es dran? Abwarten. Ein Fremdkörper im Mund, da muss sie jetzt gegen ankämpfen. –

Heute las sie in der Zeitung, Harpe Kerkeling hat ein neues Buch geschrieben. Ein Zitat von ihm und was er über Gott sagt. – »Nach seiner Musik zu urteilen, muss Gott phantastisch sein. Ich kann keinen einzigen Grund erkennen, warum ich an ihm zweifeln sollte.«

Harpe Kerkeling über seinen Glauben.

Sie meinte zu ihrer Bekannten, ich habe es schon vor H.K. gesagt!

Sie liebt auch sehr klassische Musik, aber es muss nicht immer Klassik sein. Gewaltige Musik findet man auch im »Gotteslob«. Ein Lied sagt ihr besonders viel, es sagt alles aus von »Franz Schubert« aus dem Jahre 1827: »Heilig, heilig ...«

Aber erst mal die Melodie!

Sie glaubt, noch mehr Menschen, die ausgestattet sind, solche Musik zu komponieren und ertönen zu lassen, würde das Band der Erde sprengen. Vielleicht würde »er« uns dann besser hören, unsere Klagen, unsere Bitten, unser Denken. Er weiß es alleine. – Es ist noch lange, lange nicht alles, was sie noch gerne loswerden würde! Sie müssen ihr verzeihen, sie hatte keine höhere Schulbildung, so sind vielleicht manche Satzzusammenhänge nicht richtig gewählt. Sie hat so frei weg sich alles von der Leber geschrieben, was ihr so einfiel und in den Sinn kam. Auch ihre Ausdrucksweise lässt manchmal zu wünschen übrig. Etwas hart, burschikos, gemischt mit etwas Straßenlatein. Aber ihre Wut war manchmal recht groß, irgendwie musste sie ja ihren Frust rauslassen. Sie bedauert es aber nicht. Inzwischen ist sie etwas sanfter geworden, nachdenklicherweise etwas zurückhaltender, vernünftiger. Sie stellte fest, etwas in ihr ist ruhig geworden. Sie kann vieles hinter sich lassen. Sie kann sogar ihren schlimmsten Peinigern verzeihen. Ihre Denkweise ist anders geworden. Sie hat auch des Nachts keine Alpträume mehr, sie wacht nachts nicht mehr schreiend auf und hat Angst, die lieben Nachbarn könnten es hören. Sie ist ganz fest davon überzeugt, die Wallfahrt nach »Medjugorje« hat ihr gutgetan. Hoffentlich klappt es noch einmal mitzufahren. Wenn nicht in diesem Jahr, dann im nächsten Jahr.

Ärger hat immer mit Vergangenheit zu tun. Vergebung geht nur etappenweise, kann erlernt werden. Entweder man schreibt alles auf oder man findet einen guten Freund, dem man alles erzählen kann. Man muss sich erst selber verzeihen.

»So wahr mir Gott helfe.«